回望萧红

萧红短篇小说选

旷野的呼喊

萧红 著

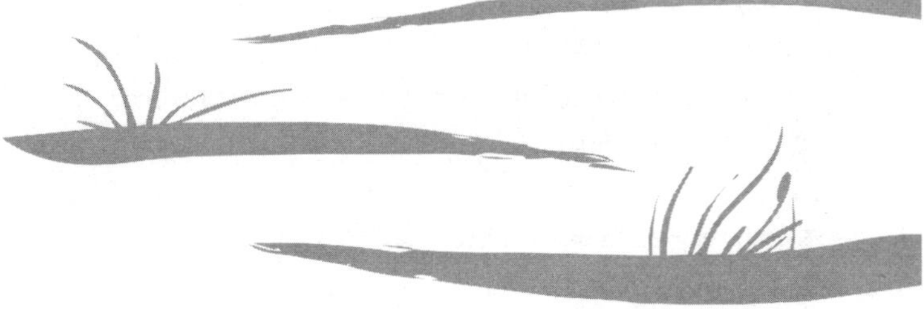

广陵书社

图书在版编目（CIP）数据

旷野的呼喊 ：萧红短篇小说选 / 萧红著. -- 扬州 ：广陵书社，2020.3（2022.3 重印）
（回望萧红 / 陈武主编）
ISBN 978-7-5554-1344-8

Ⅰ. ①旷… Ⅱ. ①萧… Ⅲ. ①短篇小说－小说集－中国－现代 Ⅳ. ①I246.7

中国版本图书馆CIP数据核字(2019)第280858号

书　　名	旷野的呼喊：萧红短篇小说选	丛 书 名	回望萧红
著　　者	萧　红	丛书主编	陈　武
责任编辑	戴敏敏	特约编辑	罗路晗
出 版 人	曾学文	封面设计	琥珀视觉

出版发行　广陵书社
扬州市四望亭路 2-4 号　邮编：225001
(0514)85228081（总编办）　85228088（发行部）
http://www.yzglpub.com　E-mail:yzglss@163.com
印　　刷　三河市华东印刷有限公司

开　　本　880mm×1230mm　1/32
字　　数　153 千字
印　　张　9
版　　次　2020 年 3 月第 1 版
印　　次　2022 年 3 月第 2 次印刷
书　　号　ISBN 978-7-5554-1344-8
定　　价　48.00 元

目　录

旷野的呼喊

风撒欢了。

在旷野，在远方，在看也看不见的地方，在听也听不清的地方，人声，狗叫声，嘈嘈杂杂地喧哗了起来。屋顶的草被拔脱，墙囤头上的泥土在翻花，狗毛在起着一个一个的圆穴，鸡和鸭子们被刮得要想站也站不住。平常喂鸡撒在地上的谷粒，那金黄的，闪亮的，好像黄金的小粒，一个跟着一个被大风扫向墙根去，而后又被扫了回来，又被扫到房檐根下。而后混同着不知从什么地方飘来的从未见过的大树叶，混同着和高粱粒一般大四方的或多棱的沙土。混同着刚刚被大风拔落下来的红的黑的，或杂色的鸡毛。还混同着破布片，还混同着刷啦刷啦的高粱叶。还混同着灰矮瓜色的豆秆，豆秆上零零乱乱地挂着豆粒已经脱掉了空敞的豆荚。一些红纸片，那是过新年时门前粘贴的红对联——三阳开泰，四喜临门，——或是“出门见喜”的红条子，也都被大风撕得一条一条的一块一块的，这一些干燥的，毫没有水分的拉杂的一堆，刷刷啦，呼离离在人间任意的扫着。刷着豆油的平滑得和小鼓似的乡下人家的纸窗，一阵一阵的被沙粒击打着发出铃铃的铜声来。而后，鸡毛或纸片，飞得离开地面更高。若遇着毛草，或树枝，就把它们障碍住了，于是房檐上站着鸡毛，鸡毛随着风东摆一下，西摆一下，又被风从四面裹着，站得完全笔直，好像大森林里边，用野草插的标记，而那些零乱的纸片，刮在椽头上时，却呜呜呜的它也赋着生命似的叫喊。

陈公公一推开房门，刚把头探出来，他的帽子就被大风卷跑了，在那光滑滑的被大风完全扫干净了的门前平场上滚着，滚得像一个小西瓜，像一个小车轮，而最像还是像一个小风车。陈公公追着它的时候，它还扑拉拉的不让陈公公追上它。

“这刮的是什么风啊！这还叫风了吗？简直他妈的……”

陈公公的儿子，出去已经两天了，第三天就是这刮大风的天气。

“这小子到底是干什么去了啦？纳闷……这事真纳闷，……”于是又带着沉吟和失望的口气：“纳闷！”

陈公公跑到瓜田上才抓住了他的帽子，帽耳朵上滚着不少的草沫。他站在垄陌上，顺着风用手拍着那四个耳朵的帽子，而拍也拍不掉的是苌子的小刺球，他必须把它们打掉，这是多么讨厌啊！手触去时，它会把手刺痛。看起来又像小虫子，一个一个的钉在那帽檐上。

“这小子到底是干什么去啦！”帽子已经戴在头上，前边的帽耳，完全探伸在大风里，遮盖了他的眼睛。他向前走时，他的头好像公鸡的头向前探着，那顽强挣扎着的样子，就像他要攒进大风里去似的。

“这小子到底……！他妈的……”这话是从昨天晚上他就不停止地反复着。他抓掉了刚才在腿上摔着帽子时刺在裤子上的苌子，把它们在风里丢了下去。

“他真随了义勇队了吗？纳闷！明年一开春，就是这时候，就要给他娶妇了，若今年收成好，上秋也可以娶过来呀！当了义勇队，打日本……哎哎，总是年青人哪，……”当他看到村头庙堂的大旗杆，仍旧挺直地站在大风里的时候，他就向着旗杆的方向骂了一句：“小鬼子……”而后他把全身的筋肉抖擞一下，他所想的他觉得都是使他生气，尤其是那旗杆，因为插着一对旗杆的庙堂，驻着新近才开来的日本兵。

“你看这村子还像一个样子了吗？”大风已经遮掩了他嘟嘟着的嘴。他看见左边有一堆柴草，是日本兵征发去的。右边又是一堆柴草，而前村，一直到村子边上，一排一排的堆着柴草。这柴草也都是征发给日本兵的。大风刮着它们，飞起来的草沫就和打谷子扬场的时候一样，每个草堆在大风里边变成了一个一个的土堆似的在冒着烟。陈公公向前冲着时，有一团谷草好像整捆的滚在他的脚前，障碍了他。他用了全身的力量，想要把那谷草踢得远一点，然而实在不能够做到。因为风的方向和那谷草滚来的方向是一致的，而他就正和它们相反。

“这是一块石头吗？真没见过！这是什么年头，……一捆谷草比他妈一块石头还硬！……”

他还想要骂一些别的话，就是关于日本子的。他一抬头看见两匹大马和一匹小白马从西边跑来。几乎不能看清那两匹大马是棕色的或是黑色的，只好像那马的周围裹着一团烟跑来，又加上陈公公的眼睛不能够抵抗那紧逼着他而刮来的风。按着帽子，他招呼着：

“站住……嘞……嘞……”他用舌尖，不，用了整个的舌头打着嘟噜。而这种唤马的声音只有他自己能够听到，他把声音完全灌进他自己的袖管里去。于是他放下按着帽子的手来，使那宽大的袖管离开他的嘴。把舌头在嘴里边整理一下。让它完全露在大风里，准备发出响亮的声音。他想这马一定是谁家来了客人骑来的，在马桩上没有拴住。还没等他再发出嘞嘞的唤马声，那马已经跑到他的前边，他想要把它们拦住而抓住它，当他一伸手，他就把手缩回来，他看见马身上盖着的圆的日本军营里的火印：

“这那里是客人的马呀！这明明是他妈……”

陈公公的胡子挂上了几颗谷草叶，他一边掠着它们就打开了房门。

“听不见吧？不见得就是……”

陈姑妈的话就像落在一大锅开水里的微小的冰块，立刻就被消融了，因为一打开房门，大风和海潮似的，立刻喷了进来烟尘和吼叫的一团。陈姑妈像被扑灭了似的。她的话陈公公没有听到。非常危险，陈公公挤进门来，差一点没有撞在她的身上，原来陈姑妈的手上拿着一把切菜刀。

“是不是什么也听不见！风太大啦，前河套听说可有那么一伙，那还是前些日子，……西寨子，西水泡子我看那地方也不能不有，那边都是柳条通……一人多高。刚开春还说不定没有，若到夏天，青纱帐起的时候，那就是好地方啊……”陈姑妈把正在切着的一颗胡萝卜放在菜樽上。

“啰啰嗦嗦的叨叨些个什么！你就切你的菜吧！你的好儿子你就别提啦。”

陈姑妈从昨天晚上就知道陈公公开始不耐烦。关于儿子没有回来这件事，把他们的家都像通通变更了。好像房子忽然透了洞，好像水瓶忽然漏了水，好像太阳也不从东边出来，好像月亮也不从西边落。陈姑妈还勉勉强强的像是照常在过着日子，而陈公公在她看来，那完全是可怕的。儿子走了两夜，第一夜还算安静静地过来了。第二夜忽然就可怕起来。他通夜坐着，抽着烟，拉着衣襟，用扫帚扫着行李。扫着四耳帽子，扫着炕沿。上半夜嘴里任意叨叨着，随便想起什么来就说什么，说到他儿子的左腿上生下来时就有一块青痣：

“你忘了吗？老娘婆（即产婆）不是说过，这孩子要好好看着他，腿上有痣，是主走星照命……可就真忍心走下去啦！……他也不想想，留下他爹他娘，又是这年头，出外有个好歹的，干那勾当，若是犯在人家手里……那还那还说什么呢！就连他爹也逃不出法网……义勇队，义勇队，好汉子是要干的，可是他也得想想爹和娘呵！爹娘就你一个……”

上半夜一直他叨叨着，使陈姑妈也不能睡觉。下半夜他就开始一句话也不说，忽然他像变成了哑子，同时也变成了聋子似的。从清早起来，他就不说一句话。陈姑妈问他早饭煮点高粱米粥吃吧，可是连一个字的回答，也没有从他的嘴吐出来。他扎好腰带，戴起帽子就走了，大概是在外边转了一弯又回来了。那工夫，陈姑妈在涮一个锅都没有涮完，她一边淘着涮锅水，一边又问一声：

“早晨就吃高粱米粥好不好呢？”

他没有回答她，两次他都并没听见的样子。第三次，她就不敢问了。

晚饭又吃什么呢？又这么大的风。她想还是先把萝卜丝切出来，烧汤也好，炒着吃也好。一向她做饭，是做三个人吃的，现在要做两个人吃的，只少了一个人，连下米也不知道该下多少。那一点米。在盆底上，洗起来简直是拿不上手来。

“那孩子，真能吃，一顿饭三四碗……可不吗，二十多岁的大小伙子是正能吃的时候……”

她用饭勺子搅了一下那剩在瓦盆里的早晨的高粱米粥，高粱米粥凝了一个明光光的大锤。饭勺子在上面触破了它，它还发出有弹性的触在猪皮冻上似的响声：“稀饭就是这样，剩下来的扔了又可惜，吃吧，又不好吃，一热就粥不是粥，饭不是饭……”

她想要决定这个问题，勺子就在小瓦盆边上沉吟了两下。她好像思想家似的，很困难地感到她的思维方法全不够用。

陈公公又跑出去了，随着打开的门扇扑进来的风尘又遮盖了陈姑妈。

他们的儿子前天一出去就没有回来。不是当了土匪就是当了义勇军，也许就是当了义勇军。陈公公记得清清楚楚的，那孩子从去年冬天就说做棉裤要做厚一点，还让他的母亲把四耳帽子换上两块新皮子。他说：

“要干，拍拍屁股就去干，弄得利利索索的。”

陈公公就为着这话问过他：

“你要干什么呢？”

当时他只反问他父亲一句没有结论的话，可是陈公公听了儿子的话只答应两声：“唉！唉！”也是同样的没有结论。

“爹！你想想要干什么去！”儿子说的只是这一句。

陈公公在房檐下扑着一颗打在他脸上的鸡毛，他顺手就把它扔在风里边。看起来那鸡毛简直是被风夺走的，并不像他把它丢开的。因它一离开手边，要想抓也抓不住，要想看也看不见，好像它早已决定了方向就等着奔去的样子。陈公公正在想着儿子那句话，他的鼻子上又打来了第二颗鸡毛，说不定是一团狗毛，他只觉得毛茸茸的他就用手把它扑掉了。他又接着想，同时望着西方，他把脚跟抬起来，把全身的力量都站在他的脚尖上。假若有太阳，他就像孩子似的看着太阳是怎样落山的，假若有晚霞他就像孩子似的翘起脚尖来要看到晚霞后面究竟还有什么。而现在西方和东方一样，南方和北方也都一样，混混溶溶的，黄的色素遮迷过眼睛所能看到的旷野，除非有山或是有海会把这大风遮住，不然它就永远要没有止境的刮过去似的。无论清早，无论晌午和黄昏，无论有天河横在天上的夜，无论过年或过节，无论春夏和秋冬。

现在大风像在洗刷着什么似的，房顶没有麻雀飞在上面，大田上看不见一个人影，大道上也断绝了车马和行人。而人家的烟囱里更没有一家冒着烟的，一切都被大风吹干了。这活的村庄变成了刚刚被掘出土地的化石的村庄了。一切活动着的都停止了，一切响叫着的都哑默了，一切歌唱着的都在叹息了，一切发光的都变成混浊的了，一切颜色，都变成没有颜色了。

陈姑妈抵抗着大风的威胁，抵抗着儿子跑了的恐怖，又抵抗着陈公公为着儿子跑走的焦烦。

她坐在条凳上，手里折着经过一个冬天还未十分干的柳条枝，折起四五节来。她就放在她面前临时生起的火堆里，火堆为着刚刚丢进去的树枝随时起着爆炸，黑烟充满着全屋，好像暴雨快要来临时天空的黑云似的。这黑烟和黑云不一样，它十分会刺激人的鼻子，眼睛和喉咙……

“加小心哪！离灶火腔远一点呵……大风会从灶火门把柴火抽进去的……”

陈公公一边说着，一边拿起树枝来也折几棵。

“我看晚上就吃点面片汤吧……连汤带饭的，省事。”

这话在陈姑妈，就好像小孩子刚一学说话时，先把每个字在心里想了好几遍，而说时又每个字用心考虑着。她怕又像早饭时一样，问他，他不回答，吃高粱米粥时，他又吃不下去。

“什么都行，你快做吧，吃了好让我也出去走一趟。”

陈姑妈一听说让她快做，拿起瓦盆来就放在炕沿上，小面口袋里只剩一碗多面，通通搅和在瓦盆底上。

“这不太少了吗……反正多少就这些，不够吃，我就不吃。”她想。

陈公公一会跑进来，一会跑出去，只要他的眼睛看了她一下，她总觉得就要问她：

“还没做好吗？还没做好吗？”

她越怕他在她身边走来走去，他就越在她身边走来走去。燃烧着的柳条枝丝拉丝拉的发出水声来，她赶快放下手里在撕着的面片，抓起扫地扫帚来煽着火，锅里的汤连响边都不响边，汤水丝毫没有滚动声，她非常着急。

“好啦吧？好啦就快端来吃……天不早啦……吃完啦我也许出去绕一圈……”

“好啦，好啦！用不了一袋烟的工夫就好啦……”

她打开锅盖吹着气看看，那面片和死了的小白鱼似的，一动也不动地漂在水皮。

“好啦就端来呀！吃呵！”

“好啦……好啦……”

陈姑妈答应着，又开开锅盖，虽然汤还不翻花，她又勉强地丢进几条面片去。并且尝一尝汤或咸或淡，铁勺子的边刚一贴到嘴唇……

“哟哟！”汤里还忘记了放油。

陈姑妈有两个油罐，一个装豆油一个装棉花籽油，两个油罐永远并排的摆在碗橱最下的一层，怎么会弄错呢！一年一年的这样摆着，没有弄错过一次。但现在这错误不能挽回了，已经把点灯的棉花籽油撒在汤锅里了，虽然还没有散开，用勺子是淘不起来的，勺子一触上就把油圈触破了，立刻变成无数的小油圈，假若用手去抓也不见得会抓起来。

"好啦就吃呵！"

"好啦好啦！"她非常害怕，自己也不知道她回答的声音特别响亮。

她一边吃着一边留心陈公公的眼睛。

"要加点汤吗？还是要加点面……"

她只怕陈公公亲手去盛面，而盛了满碗的棉花籽油来，要她盛时，她可以用嘴吹跑了浮在皮上的棉花籽油，尽量去盛锅底上的。

一放下饭碗，陈公公就往外跑。开房门，他想起来他没有戴帽子：

"我的帽子呢？"

"这儿呢，这儿呢。"

其实她真的没有看见他的帽子，过于担心了的缘故，顺口答应了他。

陈公公吃完了棉花籽油的面片汤，出来一见到风，感到非常凉爽，他用脚尖站着，他望着西方，并不是他知道他的儿子在西方或是要从西方回来，而是西方有一条大路可以通到城里。

旷野，远方，大平原上，看也看不见的地方，听也听不清的地方，狗叫声，人声，风声，土地声，山林声，一切喧哗，一切好像落在火焰里的那种暴乱，在黄昏的晚霞之后，完全停息了。

西方平静得连地面都有被什么割据去了的感觉，而东方也是一样。好像刚刚被大旋风扫过的柴栏，又好像被暴雨洗刷过的庭院，狂乱的和暴躁的完全停息了。停息得那么斩然，像是在远方并没有发生过什么事情。今天的夜，和昨天的夜完全一样，仍旧能够唤发着黄昏以前的记忆的，一点也没有留存。地平线远处或近处完全和昨夜一样平坦的展放着，天河的繁星仍旧和小银片似的成群的从东北方列到西南方去。地面和昨夜一样的哑默，而天河和昨夜一样的繁华。一切完全和昨夜一样。

豆油灯照例是先从前村点起，而后是中间的那个村子，而再后是最末的那个村子。前村最大，中间的村子不太大，而最末的一个最不大。这三个村子好像祖父，父亲和儿子，他们一个牵着一个地站在平原上，冬天落雪的天气，这三个村子就一齐变白了。而后用扫帚打扫出一条小道来，前村的人经过后村的时候，必须说一声：

“好大的雪呀！”

后村的人走过中村时，也必须关于这大雪问候一声，这雪是烟雪或棉花雪，或清雪。

春天雁来的晌午，他们这三个村子就一齐听着雁鸣。秋天乌鸦经过天空的早晨，这三个村子也一齐看着遮天的黑色的大群。

陈姑妈住在最后的村子边上，她的门前一棵树也没有。一头牛，一匹马，一个狗或是几只猪，这些她都没有养，只有一对红公鸡在鸡架上蹲着，或是在房前寻食小虫或米粒。那火红的鸡冠子迎着太阳向左摆一下，向右荡一下，而后闭着眼睛用一只腿站在房前或柴堆上，那实在是一对小红鹤。而现在它们早就攒进鸡架去，和昨夜一样也早就睡着了。

陈姑妈的灯碗子也不是最末一个点起，也不是最先一个点起。陈姑妈记得，在一年之中，她没有点几次灯，灯碗完全被蛛丝蒙盖着，灯芯落到灯碗里了，尚未用完的一点灯油混了尘土都粘在灯碗上。

陈姑妈站在锅台上把摆在灶王爷板上的灯碗取下来，用剪刀的头端搅着灯碗底，那一点点棉花籽油虽然变得浆糊一样，但是仍旧发着一点油光，又加上一点新从罐子倒出来的棉花籽油，小灯于是噼噼啦啦地站在炕沿上了。

陈姑妈在烧香之前，先洗了手。平日很少用过的家制的肥皂，今天她存心多擦一些，冬天因为风吹而麻皮了的手，一开春就横横竖竖的裂着满手的小口，相同冬天里被冻裂的大地，虽然春风昼夜的吹击，想要弥补了这缺隙。不但没有弥补，反而更把它们吹得深陷而裸露了。陈姑妈又用原来那块过年时写对联剩下的红纸把肥皂包好。肥皂因为被空气的销蚀，还落了白花花的碱沫在陈姑妈的大襟上。她用扫帚扫掉了那些。又从梳头匣子摸出黑乎乎的一面玻璃砖镜子来。

她一照那镜子，她的脸就在镜子里被切成横横竖竖的许多方格子。那块镜子在十多年前被打碎了以后，就缠上四五尺长的红头绳，现在仍旧是那块镜子。她想要照一照碎头发丝是否还有垂在额前，结果什么也没有看见，只恍恍惚惚地她还认识镜子里边的确是她自己的脸。她记得近几年来镜子就不常用，只有在过新年的时候，四月十八上庙的时候。再就是前村娶媳妇或是丧事，她才把镜子拿出来照照，所以那红头绳若不是她自己还记得，谁看了敢说原来那红头绳是红的！因为发霉和油腻得使手触上去时感到了是触到胶上似的。陈姑妈连更远一点的集会也没有参加过，所以她养成了习惯，怕过河，怕下坡路，怕经过树林，更怕的还有坟场，尤其是坟场里枭鸟的叫声，无论白天或夜里，什么时候听了，她就什么时候害怕。

陈姑妈洗完了手，扣好了小铜盆在柜底下。她在灶王爷板上的香炉里，插了三炷香。接着她就跪下去，向着那三个并排的小红火点叩了三个头。她想要念一段“上香头”，因为那经文并没有全记住，她想若不念了成套的，那更是对神的不敬，更是没有诚心。于是胸前扣着紧紧的一双掌心，她虔诚地跪着。

灶王爷不晓得知不知道陈姑妈的儿子到底哪里去了，只在香火后边静静地坐着。蛛丝混着油烟，从新年他和灶王奶奶并排的被浆糊贴在一张木板上那一天起，就无间断的蒙在他的脸上。大概什么他也看不着了，虽然陈姑妈的眼睛为着儿子就要挂下眼泪来。

外边的风一停下来，空气宁静得连针尖都不敢触上去。充满着人的感觉的都是极脆弱而又极完整的东西。村庄又恢复了它原来的生命。脱落了草的房脊静静地在那里躺着。几乎被拔走了的小树垂着头在休息。鸭子呱呱的在叫，相同喜欢大笑的人遇到了一起。白狗，黄狗，黑花狗，……也许两条平日一见到非咬架不可的狗，风一静下来，它们都前村后村的跑在一起。完全是一个平静的夜晚，远处传来的人声清澈得使人疑心是从山涧里发出来的。

陈公公在窗外来回地踱走，他的思想系在他儿子的身上，仿佛让他把思想系在一颗陨星上一样。陨星将要沉落到哪里去，谁知道呢？

陈姑妈因为过度的虔诚而感动了她自己，她觉得自己的眼睛是湿了。让孩子从自己手里长到二十岁，是多么不容易！而最酸心的，不知是什么无缘无故把孩子夺了去。她跪在灶王爷前边回想着她的一生，过去的她觉得就是那样了。人一过了五十，只等着往六十上数。还未到的岁数，她一想还不是就要来了吗？这不是眼前就开头了吗？她想要问一问灶王爷她的儿子还能回来不能！因为这烧香的仪式过于感动了她，她只觉得背上有点寒冷，眼睛有点发花。她一连用手背揩了三次眼睛，可是仍旧不能看见香炉碗里的三炷香火。

她站起来，到柜盖上去取火柴盒时，她才想起来，那香是隔年的，因为潮湿而灭了。

“这是多么不敬呵！”

陈姑妈又站上锅台去，打算把香重新点起。因为她不常站在高处，多少还有点害怕。正这时候，房门忽然打开了。

陈姑妈受着惊，几乎从锅台上跌下来。回头一看，她说：

“哟哟！”

陈公公的儿子回来了，身上背着一对野鸡。

一对野鸡，当他往炕上一摔的时候，他的大笑和翻滚的开水卡拉卡拉似的开始了，又加上水缸和窗纸都被震动着，所以他的声音还带着回声似的，和冬天从雪地上传来的打猎人的笑声一样。但这并不是他今天特别出奇的笑，他笑的习惯就是这样。从小孩子时候起，在蚕豆花和豌豆花之间，他和会叫的大鸟似的叫着。他从会走路那天起就跟陈公公跑在瓜田上，他的眼睛真的明亮得和瓜田的黄花似的，他的腿因为刚学着走路，常常耽不起那丝丝拉拉的瓜身的缠绕，跌倒是他每天的功课。而他不哭也不呻吟，假若擦破了膝盖的皮肤而流了血，那血简直不是他的一样。他只是跑着，笑着，同时嚷嚷着。若全身不穿衣裳，只带一个蓝麻花布的兜肚，那就像野鸭子跑在瓜田上了，东颠西摇的，同时嚷着和笑着。并且这孩子一生下来陈姑妈就说：

“好大嗓门！长大了还不是个吹鼓手的角色！”

对于这初来的生命，不知道怎样去喜欢他才好，往往用被人蔑视的行业或形容词来形容，这孩子的哭声实在大，老娘婆想说：

“真是一张好锣鼓！”

可是他又不是女孩，男孩是不准骂他锣鼓的，被骂了破锣之类，传说上不会起家……

今天他一进门就照着他的习惯大笑起来，若让邻居们听了，一定不会奇怪。若让他的舅母或姑母听了，也一定不会奇怪。她们都要说：

“这孩子就是这样长大的呀！”

但是做父亲的和做母亲的反而奇怪起来。他笑得在陈公公的眼里简直和黄昏之前大风似的，不能够控制，无法控制，简直是一种多余，是一种浪费。

“这不是疯子吗……这……这……”

这是第一次陈姑妈对儿子起的坏的联想。本来她想说：

“我的孩子啊！你可跑到哪儿去了呢！你……你可把你爹……”

她对她的儿子起了反感。他那么坦荡荡的笑声，就像他并没有离开过家一样。但是母亲心里想：

“他是偷着跑的呀！”

父亲站到红躺箱的旁边，离开儿子五六步远。背脊靠在红躺箱上。那红躺箱还是随着陈姑妈陪嫁来的，现在不能分清还是红的还是黑的了。正像现在不能分清陈姑妈的头发是白的还是黑的一样。

陈公公和生客似的站在那里。陈姑妈也和生客一样。只有儿子才像这家的主人，他活跃的，夸张的，漠视了别的一切。他用嘴吹着野鸡身上的花毛。用手指尖扫着野鸡尾巴上的漂亮的长翎。

“这东西最容易打，攒头不顾腚……若一开枪，它就插猛子……这俩都是这么打住的。爹！你不记得么！我还是小的时候，你领着我一块出去拜年去……那不是，那不是……”他又笑起来：“那不是么！就用砖头打住一个。趁它把头插进雪堆去。”

陈公公的反感一直没有减消，所以他对于那一对野鸡就像没看见一样，虽然他平常是怎么喜欢吃野鸡。鸡丁炒芥菜缨，鸡块炖土豆。但是他并不向前一步，去触触那花的毛翎。

“这小子到底是去干的什么？”

在那棉花籽油灯还点燃着的时候，陈公公只是向自己在反复。

“你到底跑出去干什么去了呢？”

陈公公第一句问了他的儿子，是在小油灯噼噼拉拉的灭了之后。他静静地把腰伸开，使整个的背脊接近了火炕的温热的感觉。他充满着庄严而胆小的情绪等待儿子的回答。他最怕就怕的是儿子说出他加入了义勇队，而最怕的又怕他儿子不向他说老实话。所以已经来到喉咙的咳嗽也被他压下去了，他抑止着可能抑止的从他自己发出的任何声音。三天以来的苦闷和急躁，陈公公觉得一辈子只有过这一次。也许还有过，不过那都提起来远了，忘记了。就是这三天，他觉得比活了半辈子还长。平常他就怕他早死，因为早死，使他不得兴家立业，不得看见他的儿孙的繁荣。而这三天，他想还是算了吧！活着大概是没啥指望。关于儿子加入义勇队没有，对于陈公公是一种新的生命，比儿子加入了义勇队的新的生命的价格更高。

儿子回答他的，偏偏是欺骗了他。

“爹！我不是打回一对野鸡来么！跟前村的李二小子一块……跑出去一百多里……”

“打猎哪有这样打的呢！一跑就是一百多里……”陈公公的眼睛注视着纸窗微黑的窗棂。脱离他嘴唇的声音并不是这句话，而是轻微的和将要熄灭的灯火那样无力叹息。

春天的夜里，静穆得带着温暖的气息，尤其是当柔软的月光照在窗子上，使人的感觉像是看见了鹅毛在空中游着似的，又像刚刚睡醒由于温暖而眼睛所起的惰懒的金花在腾起。

陈公公想要证明儿子非加入了义勇队不可的，一想到“义勇队”这三个字，他就想到“小日本”那三个字。

“××××××××××××××××××，××××。”一想到这个，他就怕再想下去，再想下去，就是小日本枪毙义勇队。所以赶快把思想集中在纸窗上，他无用处地计算着纸窗被窗棂所隔开的方块到底有多少。两次他都是数到第七块上就被义勇队这三个字撞进脑子来而搅混了。

睡在他旁边的儿子，和他完全是两个隔离的灵魂。陈公公转了一个身，在转身时他看到了儿子在微光里边所反映的蜡明的脸面和他长拖拖的身子。只有儿子那瘦高的身子和挺直的鼻梁还和自己一样。其余的，陈公公觉得，完全都变了，只有三天的工夫，儿子和他完全两样了。两样得就像儿子根本没有和他一块生活过，根本他就不认识他，还不如一个刚来的生客。因为对一个刚来的生客最多也不过生疏。而绝没有忌妒。对儿子，他却忽然存在了忌妒的感情。秘密一对谁隐藏了，谁就忌妒，而秘密又是最自私的，非隐藏不可。

陈公公的儿子没有去打猎，没有加入义勇队。那一对野鸡是用了三天的工钱在松花江的北沿铁道旁买的。他给日本人修了三天铁道。对于工钱，还是他生下来第一次拿过。他没有做过佣工，没有做过零散的铲地的工人，没有做过帮忙的工人。他的父亲差不多半生都是给人家看守瓜田。他随着父亲从夏天就开始住在三角形的瓜窝堡里。瓜窝堡春天是在绿色的瓜花里边，秋天则和西瓜或香瓜在一块了。夏天一开始，所有的西瓜和香瓜的花完全开了，这些花并不完全每个结果了，有些个是谎花。这谎花只有谎骗人，一两天就蔫落了。这谎花要随时摘掉的。他问父亲说：

“这谎花为什么要摘掉呢？”

父亲只说：

“摘掉吧！它没有用处。”

长大了他才知道，谎花若不摘掉，后来越开越多。那时候他不知道，但也同父亲一样的把谎花一朵一朵的摘落在垄沟里。小时候他就在父亲给人家管理的那块瓜田上。长大了仍旧是在父亲给人家管理的瓜田上。他从来没有直接给人家佣工，工钱从没有落过他的手上。这修铁道是第一次。况且他又不是专为着修铁道拿工钱而来的。所以三天的工钱就买了一对野鸡。第一：可以使父亲喜欢。第二：可以借着野鸡撒一套谎。

现在他安安然然地睡着了，他以为父亲对他的谎话完全信任了。他给日本人修铁道预备偷着拔出铁道钉子来，弄翻了火车这个企图，仍旧是秘密的。在梦中他也像看见了日本兵的子弹车和食品车。

“这虽然不是当的义勇军，可是干的事情不也是对着小日本吗？洋酒，盒子肉（罐头），我是没看见，只有听说说，上次让他们弄翻了车，就是义勇军派人弄的。东西不是通通被义勇军得去了吗……他妈的……就不用说吃，用脚踢着玩吧，也开心。”

他翻了一个身，他擦一擦手掌。白天他是这样想的，夜里他也就这样想着就睡了。他擦着手掌的时候，可觉得手掌与平常有点不一样，有点僵硬和发热。两只胳臂仍旧抬着铁轨似的有点发酸。

陈公公张着嘴，他怕呼吸从鼻孔进出，他怕一切声音，他怕听到他自己的呼吸。偏偏他的鼻子有点窒塞。每当他吸进一口气来，就像有风的天气，纸窗破了一个洞似的，呜呜地在叫。虽然那声音很小，只有留心才能听到。但到底是讨厌的，所以陈公公张着嘴预备着睡觉。他的右边是陈姑妈，左边是不知从哪里弄来一对野鸡莫名其妙的儿子。

棉花籽油灯熄灭后，灯芯继续发散出胡香的气味。陈公公偶尔从鼻子吸了一口气时，他就嗅到那灯芯的气味。因为他讨厌那气味，并不觉得是胡香的，而觉得是辣酥酥的引他咳嗽的气味。所以他不能不张着嘴呼吸。好像他讨厌那油烟，反而大口地吞着那油烟一样。

第二天，他的儿子照着前回的例子，又是没有声响的就走了。这次他去了五天，比第一次又多了两天。

陈公公应付着他自己的痛苦非常沉着的。他向陈姑妈说：

“这也是命呵……命理当然……”

春天的黄昏，照常存在着那种静穆得就要浮腾起来的感觉。陈姑妈的一对红公鸡，又像一对小红鹤似的用一只腿在房前站住了。

"这不是命是什么！算命打卦的，说这孩子不能得他的继……你看，不信是不行呵，我就一次没有信过。可是不信又怎样，要落在头上的事情，就非落上不可。"

黄昏的时候，陈姑妈在檐下整理着豆秆，凡是豆荚里还存在一粒或两粒豆子的，她就一粒不能跑过地把那豆粒留下，她右手拿着豆秆，左手摘下豆粒来，摘下来的豆粒被她丢进身旁的小瓦盆去，每颗豆子都在小瓦盆里跳了几下。陈姑妈左手里的豆秆也就丢在一边了。越堆越高起来的豆秆堆，超过了陈姑妈坐在地上的高度。必须到黄昏之后，那豆粒滚在地上也找不着的时候，陈姑妈才把豆秆抱进屋去。明天早晨，这豆秆就在灶火门里边变成红忽忽的火。陈姑妈围绕着火，好像六月里的太阳围绕着菜园。谁最热烈呢？陈姑妈呢！还是火呢！这个分不清了。火是红的，可是陈姑妈的脸也是红的。正像六月太阳是金黄的，六月的菜花也是金黄的一样。

春天的黄昏是短的，并不因为人们喜欢而拉长，和其余三个季节的黄昏一般长。养猪的人家喂一喂猪，放马的人家饮一饮马……若是什么也不做，只是抽一袋烟的工夫呵，陈公公就是什么也没有做，拿着他的烟袋站在房檐底下。黄昏一过去，陈公公就变成一个长拖拖的影子，好像一个黑色的长柱支持着房檐。他的身子的高度，超出了这一连排三个村子所有的男人。只有他的儿子说不定在这一两年中要超过他的。现在儿子和他完全一般高。走进门的时候，儿子担心着父亲，怕父亲碰了头顶。父亲担心着儿子，怕是儿子无止境的高起来，进门时，就要顶在门梁上。其实不会的，因为父亲心里特别喜欢儿子也长了那么高的身子而常常说着相反的话。

陈公公一进房门，帽子撞在上门梁上，上门梁把帽子擦歪了。这是从来也没有过的事情。一辈子就这么高，一辈子也总戴着帽子。因此立刻又想起来儿子那么高的身子，而现在完全无用了，高有什么用呢！现在是他自己任意出去瞎跑，陈公公的悲哀，他自己觉得完全是因为儿子长大了的缘故。

“人小，胆子也小，人大胆子也大……”

所以当他看到陈姑妈的小瓦盆里泡了水的黄豆粒，一夜就裂嘴了，两夜芽子就长过豆粒子。他心里就恨那豆芽。他说：

“新的长过老的了，老的完蛋了。”

陈姑妈并不知道这话什么意思，她一边梳着头一边答应着：

“可不是么……人也是这样……个人家的孩子，撒手就跟老子一般高了。”

第七天上，儿子又回来了，这回并不带着野鸡，而带着一条号码：三百八十一号。

陈公公从这一天可再不说什么“老的完蛋了”这一类的

话。有几次儿子刚一放下饭碗，他就说：

“擦擦汗就去吧！”

更可笑的他有的时候还说：

“扒拉扒拉饭粒就去吧！”

这本是对三岁五岁的小孩子说的，因为不大会用筷子，弄了满嘴的饭粒的缘故。

别人若问他：

“你儿子呢？”

他就说：

“人家修铁道去啦……”

他的儿子修了铁道，他自己就像在修着铁道一样。是凡来到他家的：卖豆腐的，卖馒头的，收买猪毛的，收买碎铜乱铁的，就连走在前村子边上的不知道哪个村子的小猪官有一天问他：

“大叔，你儿子听说修了铁道吗？”

陈公公一听，立刻向小猪官摆着手：

“你站住……你停一下……你等一等，你别忙，你好好听着！人家修了铁道啦……是真的。连号单都有：三百八十一。”

他本来打算还要说。有许多事情必得见人就说，而且要说就说得详细。关于儿子修铁道这件事情，是属于见人就说而要说得详细这一种的。他想要说给小猪官的，正像他要说给早晨担着担子来到他门口收买碎铜乱铁那个一只眼的一样多。可是小猪官走过去了。手里打着个小破鞭子。陈公公心里不大愉快。他顺口说了一句：

“你看你那鞭子吧，没有了鞭梢，你还打呢！”

走了好远了，陈公公才听明白，放猪的那孩子唱的正是他在修着铁道的儿子的号码“三百八十一”。

陈公公是一个和善人，对于一个孩子他不会多生气。不过他觉得孩子终归是孩子。不长成大人，能懂得什么呢？他说给那收买碎铜乱铁的，说给卖豆腐的，他们都好好地听着，而且问来问去。他们真是关于铁道的一点常识也没有。陈公公也和那卖豆腐的差不多，等他一问到连陈公公也不大晓得的地方，陈公公就笑起来，用手拔一棵前些日子被大风吹散下来的房檐的草梢：

“哪儿知道呢！等修铁道的回来讲给咱们听吧！”

比方那卖豆腐的问：

“我说那火车就在铁道上，一天走了千八百里也不停下来喘一口气！真是，了不得呀……陈大叔，你说，也就不喘一口气！”

陈公公就大笑着说：

“等修铁道的回来再说吧！”

这问的多么详细呀！多么难以回答呀！因为陈公公也是连火车见也没见过。但是越问得详细，陈公公就越喜欢。他的道理是：人非长成人不可，不成人……小孩子有什么用……小孩子一切没有计算！于是陈公公觉得自己的儿子幸好已经二十多岁；不然，就好比这修铁道的事情吧，若不是他自己有主意，若不是他自己偷着跑去的。这样的事情，一天五角多钱，怎么能有他的份呢？

陈公公也不一定怎样爱钱，只要儿子没有加入义勇军，他就放心了。不但没有加入义勇军，反而拿钱回来，几次他一看到儿子放在他手里的崭新的纸票，他立刻想到三百八十一号。再一想又一定想到那天大风停了的晚上，儿子背回来的那一对野鸡。再一想就是儿子会偷着跑出去，这是多么有主意的事呵。这孩子从小没有离开过他的爹妈。可是这下子他跑了，虽然说是跑的把人吓一跳。可到底跑的对。没有出过门的孩子，就像没有出过飞的麻雀；没有出过洞的小耗子。等一出来啦！飞得比大雀还快。

到四月十八，陈姑妈在庙会上所烧的香比那一年烧的都多。娘娘庙烧了三大子线香，老爷庙也是三大子线香。同时买了些毫无用处的只是看着玩的一些东西。她竟买起假脸来，这是多少年没有买过的啦！她屈着手指一算，已经是十八九年了。儿子四岁那年她给他买过一次，以后再没买过。

陈姑妈从儿子修了铁道以后，表面上没有什么改变，她并不和陈公公一样，好像这小房已经装不下他似的，见人就告诉儿子修了铁道。她刚刚相反，一句话也不说，只是围绕着她的又多了些东西。在柴栏子旁边除了鸡架又多了个猪栏子。里边养着一对小黑猪。陈姑妈什么都喜欢一对，就因为现在养的小花狗只有一个而没有一对的那件事，使她一休息下来，小狗一在她腿上擦着时，她就说：

“可惜这小花狗就不能再讨到一个。一对也有个伴呵！单个总是孤单单的。”

陈姑妈已经买了一个透明的化学品的肥皂盒。买了一把新剪刀，她每次用那剪刀，都忘不了用手摸摸剪刀。她想：这孩子什么都出息了，买东西也会买，是真钢的。六角钱，价钱也好。陈姑妈的东西已经增添了许多，但是那还要不断地增添下去。因为儿子修铁道每天五角多钱。陈姑妈新添的东西，不是儿子给她买的，就是儿子给她钱她自己买的。从心说她是喜欢儿子买给她东西，可是有时当着东西从儿子的手上接过来时她却说：

“别再买给你妈这个那个的啦……会赚钱可别学着会花钱……”

陈姑妈的梳头镜子也换了。并不是说那个旧的已经扔掉，而是说新的钻亮的已经站在红躺箱上了。陈姑妈一擦箱盖，擦到镜子旁边，她就像发现了一个新的小天地一样。那镜子实在比旧的明亮到不可计算那些倍。

陈公公也说过：

“这镜子简直像个小天河。”

儿子为什么刚一跑出去修铁道，要说谎呢？为什么要说是去打猎呢？关于这个，儿子解释了几回。他说修铁道这事，怕父亲不愿意，他也没打算久干这事，三天两日的，干干试试。长了怎么能不告诉父亲呢，可是陈公公放下饭碗说：

“这都不要紧，这都不要紧……到时候了吧，咱们家也没有钟。擦擦汗去吧！”到后来他对儿子竟催促了起来。

陈公公讨厌的大风又来了。从房顶上，从枯树上来的，从瓜田上来的，从西南大道上来的。而这些都不对，说不定是从哪儿来的。浩浩荡荡地，滚滚旋旋地，使一切都吼叫起来，而那些吼叫又淹灭在大风里。大风包括种种声音，好像大海包括海星、海草一样。谁能够先看到海星海草而还没看到大海？谁能够先听到因大风而起的这个那个的吼叫而还没有听到大风？天空好像一张土黄色的大牛皮，被大风鼓着，荡着，撕着，扯着，来回地拉着。从大地卷起来的一切干燥的，拉杂的，零乱的，都向天空扑去，而后再落下来，落到安静的地方，落到可以避风的墙根，落到坑坑凹凹的不平的地方，而添满了那些不平。所以大地在大风里边被洗得干干净净的，平平坦坦地。而天空则完全相反，混沌了，冒烟了，刮黄天了，天地刚好吹倒转了个。人站在那里就要把人吹跑，狗跑着就要把狗吹得站住，使向前的不能向前，使退后的不能退后。小猪在栏子里边不愿意哽叫，而它必须哽叫，孩子唤母亲的声音，母亲应该听到，而她必不能听到。

陈姑妈一推开房门，就被房门带着跑出去了。她把门扇只推一个小缝就不能控制那房门了。

陈公公说：

“那又算什么呢！不冒烟就不冒烟。拢火就用铁大勺下面片汤，连汤带菜的，吃着又热和。”

陈姑妈又说：

“柴火也没抱进来，我只以为这风不会越刮越大……抱一抱柴火不等进屋，从怀里都被吹跑啦……”

陈公公说：

“我来抱。”

陈姑妈又说：

“水缸的水也没有了呀……”

陈公公说：

“我去挑，我去挑。”

讨厌的大风要拉去陈公公的帽子，要拔去陈公公的胡子。他从井沿挑到家里的水，被大风吹去了一半，两只水桶，每只剩了半桶水。

陈公公讨厌的大风，并不像那次儿子跑了没有回来的那次的那样讨厌。而今天最讨厌大风的像是陈姑妈。所以当陈姑妈发现了大风把房脊抬起来了的时候，陈公公说：

“那算什么……你看我的……”

他说着就蹬了房檐下酱缸的边沿上了房。陈公公对大风十分有把握的样子，他从房檐走到房脊去是直着腰走。虽然中间被风压迫着弯过几次腰。

陈姑妈把砖头或石块传给陈公公。他用石头或砖头压着房脊上已经飞起来的草。他一边压着一边骂着。乡下人自言自语的习惯，陈公公也有：

“你早晚还不得走这条道吗！你和我过不去，你偏要飞，飞吧！看你这几根草我就制服不了你……你看着，你他妈的，我若让你能够从我手里飞走一棵草刺也算你能耐。”

陈公公一直吵叫着，好像风越大，他的吵叫也越大。

住在前村卖豆腐的老李来了，因为是顶着风，老李跑了满身是汗。他喊着陈公公：

“你下来一会，我有点事，我告……告诉你。”

陈公公说：

“有什么要紧的事，你等一等吧，你看我这房子的房脊，都给大风吹靡啦！若不是我手脚勤俭，这房子住不得，刮风也怕，下雨也怕。”

陈公公得意地在房顶上故意的迟延了一会。他还说着：

“你们先进屋去抽一袋烟……我就来，就来……”

卖豆腐的老李把嘴塞在袖口里边，大风大得连呼吸都困难了。他在袖口里边招呼着：

“这是要紧的事，陈大叔……陈大叔你快下来吧……”

“什么要紧的事！还有房盖被大风抬走了的事要紧……”

“陈大叔，你下来，我有一句话说……”

“你要说就那儿说吧！你总是火烧屁股似的……”

老李和陈姑妈走进屋去了。老李仍旧用袖口堵着嘴像在院子里说话一样。陈姑妈靠着炕沿听着李二小子被日本抓去啦……

“什么！什么！是么！是么！”陈姑妈的黑眼珠向上翻着，要翻到眉毛里去似的。

“我就是来告诉这事……修铁道的抓了三百多……你们那孩子……”

“为着啥事抓的？”

“弄翻了日本人的火车罢啦！”

陈公公一听说儿子被抓去了，当天的夜里就非向着西南大道上跑不可。那天的风是连夜刮着，前边是黑滚滚的，后边是黑滚滚的。远处是黑滚滚的，近处是黑滚滚的。分不出头上是天，脚下是地。分不出东南西北。陈公公打开了小钱柜，带了所有儿子修铁道赚来的钱。

就是这样黑滚滚的夜，陈公公离开了他的家，离开了他管理的瓜田，离开了他的小草房，离开了陈姑妈。他向着西南大道向着儿子的方向，他向着连他自己也辨别不清的远方跑去，他好像发疯了，他的胡子，他的小袄，他的四耳帽子的耳朵，他都用手扯着它们。他好像一只野兽，大风要撕裂了他，他也要撕裂了大风。陈公公在前边跑着。陈姑妈在后面喊着：

“你回来吧！你回来吧！你没有了儿子，你不能活。你也跑了，剩下我一个人，我可怎么活……”

大风浩浩荡荡的，把陈姑妈的话卷走了，好像卷着一根毛草一样。不知卷向什么的地方去了。

陈公公倒下来了。

第一次他倒下来，是倒在一棵大树的旁边。第二次倒下来是倒在什么也没有存在的空空场场平平坦坦的地方。

现在是第三次，他实在不能再走了，他倒下了，倒在大道上。

他的膝盖流着血，有几处都擦破了皮肉，四耳帽子跑丢了。眼睛的周遭全是在翻花。全身都在痉挛，抖擞。血液停止了。鼻子流着清冷的鼻涕。眼睛流着眼泪。两腿转着筋。他的小袄被树枝撕破，裤子扯了半尺长一条大口子，尘土和风就都从这里向里灌，全身马上僵冷了。他恨命的一喘气，心窝一热，便倒下去了。

等他重新爬起来，他仍旧向旷野里跑去，他凶狂地呼喊着。连他自己都不知道叫的是什么。风在四周捆绑着他，风在大道上毫无倦意地吹啸，树在摇摆，连根拔起来，摔在路旁，地平线在混沌里完全消融，风便作了一切的主宰。

二八年一月卅日

花　狗

在一个深奥的，很小的院心上，集聚几个邻人。这院子种着两棵大芭蕉，人们就在芭蕉叶子下边谈论着李寡妇的大花狗。

有的说：

“看吧，这大狗又倒霉了。”

有的说：

“不见得，上回还不是闹到终归儿子没有回来，花狗也饿病了。因此李寡妇哭了好几回……”

“唉，你就别说啦，这两天还不是么，那大花狗都站不住了，若是人一定要扶着墙走路……”

人们正说着，李寡妇的大花狗就来了。它是一条虎狗，头是大的，嘴是方的，走起路来很威严，全身是黄毛带着白花。它从芭蕉叶里露出来了，站在许多人的面前，还勉强地摇一摇尾巴。

但那原来的姿态完全不对了，眼睛没有一点光亮，全身的毛好像要脱落似的在它的身上飘浮着。而最可笑的是它的脚掌很稳地抬起来，端得平平的再放下去，正好像希特勒的在操演的军队的脚掌似的。

人们正想要说些什么，看到李寡妇戴着大帽子从屋里出来，大家就停止了，都把眼睛落到李寡妇的身上。她手里拿着一把黄香，身上背着一个黄布口袋。

“听说少爷来信了，倒是吗？”

“是的是的，没有多少日子，就要换防回来的……是的……亲手写的信来……我是到佛堂去烧香，是我应许下的，只要老佛爷保佑我那孩子有了信，从那天起，我就从那天三遍香烧着，一直到他回来……”

那大花狗仍照着它平常的习惯，一看到主人出街，它就跟上去，李寡妇一边骂着就走远了。

那班谈论的人，也都谈论一会各自回家了。

留下了大花狗自己在芭蕉叶下蹲着。

大花狗，李寡妇养了它十几年，李老头子活着的时候，和她吵架，她一生气坐在椅子上哭半天会一动不动的，大花狗就陪着她蹲在她的脚尖旁。她生病的时候，大花狗也不出屋，就在她旁边转着。她和邻居骂架时，大花狗就上去撕人家衣服。她夜里失眠时，大花狗摇着尾巴一直陪她到天明。

所以她爱这狗胜过于一切了，冬天给这狗做一张小棉被，夏天给它铺一张小凉席。

李寡妇的儿子随军出发了以后，她对这狗更是一时也不能离开的，她把这狗看成个什么都能了解的能懂人性的了。

有几次她听了前线上恶劣的消息，她竟拍着那大花狗哭了好几次，有的时候像枕头似的枕着那大花狗哭。

大花狗也实在惹人怜爱，卷着尾巴，虎头虎脑的，虽然它忧愁了，寂寞了，眼睛无光了，但这更显得它柔顺，显得它温和。所以每当晚饭以后，它挨着家是凡里院外院的人家，它都用嘴推开门进去拜访一次，有剩饭的给它，它就吃了，无有剩饭，它就在人家屋里绕了一个圈就静静的出来了。这狗流浪了半个月了，它到主人旁边，主人也不打它，也不骂它，只是什么也不表示，冷静地接待了它，而并不是按着一定的时候给东西吃，想起来就给它，忘记了也就算了。

大花狗落雨也在外边，刮风也在外边，李寡妇整天锁着门到东城门外的佛堂去。

有一天她的邻居告诉她：

“你的大花狗，昨夜在街上被别的狗咬了，腿流了血……”

“是的，是的，给它包扎包扎。”

“那狗实在可怜呢，满院子寻食……”邻人又说。

“唉，你没听在前线上呢，那真可怜……咱家里这一只狗算什么呢？”她忙着话没有说完，又背着黄布口袋上佛堂烧香去了。

等邻人第二次告诉她，说：

“你去看看你那狗吧！”

那时候大花狗已经躺在外院的大门口了，躺着动也不动。那只被咬伤了的前腿，晒在太阳下。

本来李寡妇一看了也多少引起些悲哀来，也就想喊人来花两角钱埋了它。但因为刚刚又收到儿子一封信，是广州退却时写的，看信上说儿子就该到家了。于是她逢人便讲，竟把花狗又忘记了。

这花狗一直在外院的门口，躺了三两天。

是凡经过的人都说这狗老死了，或是被咬死了。其实不是，它是被冷落死了。

梧　桐

张家老太太缝着一件小袄，越缝越懊丧。拿起水烟袋来抽烟了，一口烟还没有抽进去，她就骂起来：

“这是什么年头，这烟我没抽过，我活了这么大岁数，还跑到四川这地方……王八的。”

她拔出烟管来对着那烟管吹了一口：

“唾……好辣呀，我又喝了一口汤。”她把水烟袋一蹲就蹲在桌边上。

手里的纸火捻，可仍旧没有灭，她用手指甲一弹，巧妙的就把火弹火了。

“这叫什么房子呢，没有见过，四面露天，冬天我看……这还没过八月节呢，我这寒腿就有点疼了，看冬天可怎么过，不饿死，也要冻死。”

张家老太太是从关外逃来的，逃到上海，逃到汉口，现在是逃到重庆的乡下来了。

她正在缝着的那件小袄，是清朝做的，团花裤缎面，古铜雨绸里，现在是旧了，破了。经过几次的洗染，那团花都起毛了。

她又缝了几针，她越缝越生气，眼睛也老花了，屋子又黑，手也哆嗦，若是线从针孔脱掉，她费了三五分钟也穿不起。因为这房子没有窗子，只有两个小天窗。下雨的时候，那天窗的玻璃，打得拍拉拍拉的响。

夜里她想着一些过去的事情，睡不熟时，翻转的就总听着玻璃上是落着雨点。因为已经是秋天了，四川一到秋天是天天下雨的。

还有门外的两棵梧桐，也总是欺骗着那老太太，总是像落雨似的滴答滴答地滴着夜里的露水。从高处树叶掉到低处树叶上的水滴，是拍拍的，水滴答滴在地上，扑扑的，简直和落雨一样。夜里她常常起来看看外边是否有东西在院子里，其实她是一半寂寞，一半对这雨声的厌烦而起来的。偏偏她起来推开门去看的那几次，又都是露水。

过了这一阴雨的天，冬天就来了，冬天仍旧是下着雨，而且那梧桐叶子也一片一片地落了。又像下雨一样，因为有风才能落叶，风一来那干枯的叶子彼此磕碰的声音，简直和下雨一样。那老太太，又睡不着了。她的思乡的情绪，因为异地的风雨，时时波动着她。

但是竟有这么一天，她从街上回来了，抱着她的孙儿，一开门她就说，“打胜仗了，就要打胜仗了。”她还没有来得及说：这回可能回家了。

她的眼睛发亮了，她的心跳着，她说满街的茶馆都在闹嚷嚷的谈论。说苏联出兵了。

她的儿子告诉她：

“妈，没有的事，那是谣言。你老擦一擦头发上的雨吧。”

她想，怎么，下雨了吗？她伸手一摸，手就湿了。摸摸小孙儿，那小头顶也湿了。

她骂着：“王八蛋的……可不是真的吗！”

她推开房门，看一看那两丈多高的梧桐树，的确，这回不是露水或落叶，而是真真的雨点了。

七月廿四日

莲花池

全屋子都是黄澄澄的。一夜之中那孩子醒了好几次，每天都是这样，他一睁开眼睛，屋子总是黄澄澄的，而爷爷就坐在那黄澄澄的灯光里。爷爷手里拿着一张破布，用那东西在裹着什么，裹得起劲的时候连胳臂都颤抖着，并且胡子也哆嗦起来。有的时候他手里拿一块放着白光的，有的时候是一块放着黄光的，也有小酒壶，也有小铜盆。有一次爷爷摩擦着一个长得可怕的大烟袋，这东西，小豆这孩子从来未见过，他夸张地想象着它和挑水的扁担一样长了。他们屋子的靠着门的那个角上，修着一个小地洞，爷爷在夜里有时爬进去，那洞上盖着一块方板，板上堆着柳条枝和别的柴草，因为锅灶就在柴堆的旁边。从地洞取出来的东西都不很大，都不好看，也一点没有用处，要玩也不好玩。带在女人耳朵上的银耳环，别在老太太头上的方扁簪，铜蜡台，白洋铁香炉碗……可是爷爷却很喜欢这些东西，他半夜三更地擦着它们，往往还擦出声来，沙沙沙地，好像爷爷的手永远是一块大沙纸似的。

小豆糊里糊涂地睁开眼睛看了一下就又睡了。但这都是前半夜，而后半夜，就通通是黑的了，什么也没有了，什么也看不见了。

爷爷到底是去做什么，小豆并不知道这个。

那孩子翻了一个身或是错磨着他小小的牙齿，就又睡着了。

他的夜梦永久是荒凉的窄狭的，多少还有点害怕，他常常梦到白云在他头上飞，有一次还掠走了他的帽子。梦到过一个蝴蝶挂到一个蛛网上，那蛛网是悬在一个小黑洞里。梦到了一群孩子要打他。梦到过一群狗在后面追着他。有一次他梦到爷爷进了那黑洞就不再出来了。那一次，他全身都出了汗，他的眼睛冒着绿色的火花，他张着嘴，几乎是断了气似的可怕的瘫在那里了。

永久是那样，一个梦接着一个梦，虽然他不愿意再做了，可是非做不可，就像他白天蹲在窗口里，虽然他不愿意蹲了，可是不能出去，就非蹲在那里不可。

湖边上那小莲花池，周围都长起来了小草，毛烘烘的，厚墩墩的，饱满得像是那小草之中浸了水似的。可是风来的时候，那草梢也会随着风卷动，风从南边来，它就一齐向北低了头。一会又顺着风一齐向南把头低下。油亮亮的，绿森森的，在它们来回摆着的时候，迎着太阳的方向，绿色就浅了，背着太阳的方向，绿色就深了。偶尔也可以看到那绿色的草里有一两棵小花，那小花朵受着草丛的拥挤是想站也站不住，想倒也倒不下。完全被青草包围了，完全跟着青草一齐倒来倒去。但看上去，那小花朵就顶在青草的头上似的。

那孩子想：这若伸手去摸摸有多么好呢。

但他知道他一步不能离开他的窗口，他一推开门出去，邻家的孩子就打他。他很瘦弱，很苍白，腿和手都没有邻家孩子那么粗。有一回出去了，围着房子散步了半天，本来他不打算往远处走。在那时候就有一个小黄蝴蝶飘飘的在他前边飞着，他觉得走上前去一两步就可以捉到它。那蝴蝶落在离他家一丈远的土堆上，落在离他家比那土堆更远一点的柳树根底下……又落在这儿，又落在那儿。都离得他很近，落在他的脚尖那里，又飞过他的头顶。可是总不让他捉住。他上火了，他生气了，同时也觉得害羞，他想这蝴蝶一定是在捉弄他。于是他脱下来了衣服，他光着背脊乱追着。一边追，一边小声地喊：

"你站住，你站住。"

这样不知扑了多少时候。他扯着衣裳的领了，把衣裳抡了出去，好像打鱼的人撒网一样。可是那小黄蝴蝶越飞越高了。他仰着颈子看它，天空有无数太阳的针刺刺了他的眼睛，致使他看不见那蝴蝶了。他的眼睛翻花了，他的头晕转了一阵，他的腿软了，他觉得一点力量也没有了。他想坐下来。房子和那小莲花池却在旋转，好像瓦盆窑里做瓦盆的人看到瓦盆在架子上旋转一样。就在这时候，黄蝴蝶早就不见了。至于他离开家门多远了呢，他回头一看，他家的敞开着的门口，变得黑洞洞的了，屋里边的什么也看不见了。他赶快往回跑，那些小流氓，那些坏东西，立刻反映在他的头脑里，邻居孩子打他的事情，他想起来了。他手里扯着扑蝴蝶时脱下来的衣裳，衣裳的襟飘在后边，他一跑起来它还可拉可拉的响。他一害怕，心脏就过度地跳，不但胸中觉得非常饱满，就连嘴里边也像含了东西。这东西塞满了他的嘴就和浸进水去的海绵似的。吞也吞不下去，可是也吐不出来。

就是扑蝴蝶的这一天，他又受了伤。邻家的孩子追上他来了，用棍子，用拳头，用脚打了他。他的腿和小狼的腿那么细，被打倒时在膝盖上擦破了很大的一张皮。那些孩子简直是一些小虎，简直是些疯狗，完全没有孩子样，完全是些黑沉沉的影子。他于是被压倒了，被埋没了。他的哭声他知道是没有用处，他昏迷了。

经过这一次，他就再不敢离开他的窗口了，虽然那莲花池边上还长着他看不清楚的富于幻想的漂渺的小花。

他一直在窗口蹲到黄昏以后，和一匹小猫似的，静穆，安闲，但多少带些无聊地蹲着。有一次他竟睡着了，从不大宽的窗台上滚下来了。他没有害怕，只觉得打断了一个很好的梦是不应该，他用手背揉一揉眼睛，而后睁开眼睛看一看，果然方才那是一个梦呢！自己始终是在屋子里面，而不像梦里那样，悠闲地溜荡在蓝色的天空下，而更不敢想是在莲花池边上了。他自己觉得仍旧落到空虚之中，眼前都是空虚的，冷清的，灰色的，伸出手去似乎什么也不会触到，眼睛看上去什么也看不到。空虚的也就是恐怖的，他又回到窗台上蹲着时，他往后缩一缩，把背脊紧紧地靠住窗框，一直靠到背脊骨有些发痛的时候。

小豆一天天地望着莲花池。莲花池里的莲花开了，开得和七月十五盂兰盆会所放的河灯那么红堂堂的了。那不大健康的小豆从未离开过他的窗口到池边去脚踏实地的去看过一次。只让那意想诱惑着他把那莲花池夸大了，相同一个小世界，相同一个小城。那里什么都有：蝴蝶，蜻蜓，蚱蜢……虫子们还笑着，唱着歌。草和花就像听着故事的孩子似的点着头。下雨时莲花叶扇抖得和许多大扇子似的。莲花池上就满都是这些大扇子了。那孩子说：

“爷爷领我去看看那大莲花。……”

他说完了就靠着爷爷的腿，而后抱住爷爷的腿，同时轻轻地摇着。

“要看……那没什么好看的。爷爷明天领你去。”

爷爷总是夜里不在家，白天在家就睡觉。睡醒了就昏头昏脑的抽烟，从黄昏之前就抽起，接着开始烧晚饭。

爷爷的烟袋锅子咕噜咕噜地响，小豆伏在他膝盖上，听得那烟袋锅子更清晰了，懒洋洋的晒在太阳里的小猫似的。又摇了爷爷两下，他还是希望能去到莲花池。但他没有理他。空虚的悲哀很快地袭击了他，因为他自己觉得也没有理由一定坚持要去，内心又觉得非去不可。所以他悲哀了，他闭着眼睛，他的眼泪要从眼角流下来，鼻子又辣又痛，好像刚刚吃过了芥麻。他心里起了一阵憎恨那莲花池的感情：莲花池有什么好看的！一点也不想去看。他离开了爷爷的膝盖，在屋子里来回地好像小马驹撒欢儿似的跑了几趟。他的眼泪被自己欺骗着总算没有流下来。

他很瘦弱，他的眼球白的多黑的少。面色不大好，很容易高兴，也很容易悲哀。高兴时用他歪歪斜斜的小腿跳着舞，并且嘴里也像唱着歌。等他悲哀的时候，他的眼球一转也不转。他向来不哭，他自己想：哭什么呢，哭有什么用呢。但一哭起来，就像永远不会停止，哭声也很大，他故意把周围的什么都要震破似的。一哭起来常常是躺在地上滚着。爷爷呼止不住他，爷爷从来不打他。他一哭起来，爷爷就蹲在他的旁边，用手摸着他的头顶，或者用着腰带子的一端给他揩一揩汗，其余什么也不做，只有看着他。

他的父亲是木匠，在他三岁的时候，父亲就死了。母亲又过两年嫁了人。对于母亲离开他的印象，他模模糊糊地记得一点。母亲是跟了那个大胡子的王木匠走的，王木匠提着母亲的东西，还一拐一拐的，因为王木匠是个三条腿，除了两只真腿之外，还用木头给他自己做了一只假腿。他一想起来他就觉得好笑，为什么一个人还有一条腿不敢落地呢，还要用一个木头腿来帮忙。母亲那天是黄昏时候走的，她好像上街去买东西的一样，可是从那时就没有回过来。

小豆从那一夜起，就睡在祖父旁边了。这孩子没有独立的一张被子，跟父亲睡时就盖父亲的一个被，再跟母亲睡时，母亲就抱着他，这回跟祖父睡了，祖父的被子连他的头都蒙住了。

“你出汗吗？热吗？为什么不盖被呢？”

他刚搬到爷爷旁边那几天，爷爷半夜里总是问他。因为爷爷没有和孩子睡在一起的习惯，用被子整整的把他包住了。他因此不能够喘气，常常从被子里逃到一边，就光着身子睡。

这孩子睡在爷爷的被子里没有多久，爷爷就把整张的被子全部让给他。爷爷在夜里就不见了。他招呼了几声，听听没有回应，他也就盖着那张大被子开始自己单独的睡了。

从那时候起，爷爷就开始了他自己的职业，盗墓子去了。

银白色的夜。瓦灰色的夜。触着什么什么发响的夜。盗墓子的人背了斧子、刀子和必须的小麻绳。另外有几根皮鞭梢。而火柴在盗墓子的人是主宰他们的灵魂的东西。但带着火柴的这件事情，并没有多久，是从清朝开始，在那以前都是带着打火石。他们对于这一件事情很庄严，带着宗教感的崇高的情绪装配了这种随时可以发光的东西在他们身上。

盗墓子的人先打开了火柴盒，划着了一根，再划一根。划到三四根上，证明了这火柴是一些些儿也没有潮湿，每根每根都是保险会划着的。他开始放几棵在内衣的口袋里，还必须塞进帽边里几棵，塞完了还用手捻着，看看是否塞得坚实，是不是会半路脱掉的。

五月的一个夜里，那长胡子的老头，就是小豆的祖父，他在污黑的桌子边上放下了他的烟袋。他把火柴到处放着。还放在裤脚的腿带缝里几棵。把火柴头先插进去，而后用手向里推。他的手涨着不少的血管，他的眉毛像两条小刷子似的，他的一张方形的脸有的地方筋肉突起，有的地方凹下，他的白了一半的头发高丛丛的，从他的前额相同河岸上长着的密草似的直立着。可是他的影子落到墙上就只是个影子了，平滑的，黑灰色的，薄得和纸片似的，消灭了他生活的年代的尊严。不过那影子为着那耸高的头发和拖长的胡子，正好像《伊索寓言》里为山人在河下寻找斧子的大胡子河神。

前一刻那长烟管还丝丝拉拉地叫着。那红色的江石大烟袋嘴，刚一离那老头厚厚的嘴唇，一会工夫就不响了，烟袋锅子也不冒烟了。和睡在炕上的小豆一样，烟袋是睡在桌子边上了。

火柴不但能够点灯，能够吸烟，能够燃起炉灶来，能够在山林里驱走了狼。传说上还能够赶鬼。盗墓子的人他不说带着火柴是为了赶鬼，（因为他们怕鬼，所以不那么说。）他说在忌日，就是他们从师父那里学来的，好比信佛教的人吃素一样。他们也有他们的忌日，好比下九和二十三。在这样的日子上若是他们身上不带着发火器具，鬼就追随着他们跟到家里来，和他们的儿孙生活在一起。传说上有一个女鬼，头上戴着五把钢叉，就在这忌日的夜晚出来巡行，走一步拔下钢叉来丢一把，一直丢到最末的一把。若是从死人那里回来的人遇到她，她就要叉死那个人，唯有身上带着会发火的东西的，她则不敢。从前多少年代盗墓子的人是带着打火石的，这火石是他们的师父一边念着咒语而传给他们的。他们记得很清晰，师父说过：“人是有眼睛的，鬼是没有眼睛的，要给他一个亮，顺着这亮他就走自己的路了。”然而他们不能够打着灯笼。

还必须带着几根皮鞭梢，这是做什么用的，他们自己也没有用过。把皮鞭梢挂在腰带上的右手边，准备用得着它时，方便得随手可以抽下来。但成了装饰品了，都磨得油滑滑的，腻得污黑了。传说上就是那带着五把钢叉的女鬼被一个骑马的人用马鞭子的鞭梢勒住过一次。

小豆的爷爷挂起皮鞭梢来，就走出去。在月光里那不甚亮的小板门，在外边他扣起来铁门环。那铁门环过于粗大，过于笨重，它规规矩矩的蹲在门上。那房子里想象不到还有一个七八岁的孩子睡在里边。

夜里爷爷不在家，白天他也多半不在家。他拿着从死人那里得来的东西到镇上去卖。在旧货商人那里为了争着价钱常常是回来得很晚的。

“爷爷！”小豆看着爷爷从四五丈远的地方回来了，他向那方向招呼着。

老头走到他的旁边，摸着他的头顶。就像带着一匹小狗一样他把孙儿带到屋子里。一进门小豆就单调地喊着，他虽然坐在窗口等等一下午爷爷才回来，他还是照样的高兴。

“爷爷，这大绿豆青……这大蚂蚱……是从窗洞进来的……”他说着就跳上炕去，破窗框上的纸被他的小手一片一片地撕下来。“这不是，就从这儿跳进来的……我就用这手心一扣就扣住它啦。”他凭空在窗台上扣了一下。“它还跳呢，看吧，这么跳……”

爷爷没有理他。他仍旧问着：

“是不是，爷爷……是不是大绿豆青……”

“是不是这蚂蚱吃的肚子太大了，跳不快，一抓就抓住……”

“爷爷你看，它在我左手上一跳会跳到右手上，还会跳回来。”

“爷爷看哪，爷爷看……爷爷……”

“爷……”

最末后他看出来爷爷早就不理他了。

爷爷坐在离他很远的灶门口的木樽上，满头都是汗珠，手里揉擦着那柔软的帽头。

爷爷的鞋底踏住了一根草棍，还咕噜咕噜的在脚心下滚着。他爷爷的眼睛静静地看着那草棍所打起来的土灰，关于跳在他眼前的绿豆青蚂蚱，他连理也没有理。到太阳落他也不拿起他的老菜刀来劈柴，好像连晚饭都不吃了。窗口照进来的夕阳从白色变成了黄色。再变成金黄，而后简直就是金红的了。爷爷的头并不在这阳光里，只是两只手伸进阳光里去。并且在红澄澄的红得像混着金粉似的光辉里把他的两手翻洗着。太阳一刻一刻地沉下去了，那块红光在墙壁上拉长了，扯歪了，爷爷的手的黑影也随着长了，歪了，慢慢的不成形了，那怪样子的手指长得比手掌还要长了好几倍，爷爷的手指有一尺多长了。

小豆远远地看着爷爷。他坐在东窗的窗口。绿豆青色的大蚂蚱紧紧地握在手心里，像握着几棵草杆似的稍稍还刺痒着他的手心。前一刻那么热烈的情绪，那么富于幻想，他打算从湖边上一看到爷爷的影子他就躲在门后，爷爷进屋时他大叫一声，同时跑出来。跟着把大绿豆青放出来。最好是能放在爷爷的胡子上，让那蚂蚱咬爷爷的嘴唇。他想到这里欢喜得把自己都感动了，为着这奇迹他要笑出眼泪来了，他抑制不住地用小手揉着他自己发酸的鼻头。可是现在他静静地望着那红窗影，望着太阳消逝得那么快，它在面前走过去的一样。红色的影子渐渐缩短，缩短，而最后的那一条条，消逝得更快，好比用揩布一下子就把它揩抹了去了。

爷爷一声也不咳嗽，一点要站起来活动的意思也没有。

天色从黄昏渐渐变到昏黑。小豆感到爷爷的模样也随着天色可怕起来，像一只蹲着的老虎，像一个瞎话里的大魔鬼。

“小豆。”爷爷忽然在那边叫了他一声。

这声音把他吓得跳了一下，因为他很久很久的不知不觉的思想集中在想着一些什么。他放下了大蚂蚱，他回应了一声：

“爷爷！”

那声音在他的前边已经跑到爷爷的身边去，而后他才离开了窗台。同时顽皮地用手拍了一下大蚂蚱的后腿，使它自动的跳开去。他才慢斯斯的一边回头看那蚂蚱一边走转向了祖父的面前去。

这孩子本来是一向不热情的，脸色永久是苍白的，笑的时节只露出两颗小牙齿，哭的时节，眼泪也并不怎样多，走路和小老人一样。虽然方才他兴奋了一阵，但现在他仍旧回复了原样。一步一步地斯斯稳稳地向着祖父那边走过去。

祖父拉了他一把，那苍白的小脸什么也没有表示地望着祖父的眼睛看了一下。他一点也想不到会有什么变化会发生。从他有了记忆那天起，他们的小房里没有来过一个生人，没有发生过一件新鲜事。甚至于连一顶新的帽子也没有买过。炕上的那张席子原来可是新的，现在已有了个大洞，但那已经记不得是什么时候开始破的，就像是一开破就破了这么大一个洞，还有房顶空的蛛丝，连那蛛丝上挂的尘土也没有多，也没有少，其中长的蛛丝长得和湖边上倒垂的柳丝似的有十多挂，那短的罗罗索索地在胶糊着墙角。这一切都是有这个房子就有这些东西，什么也没有变更过，什么也没有多过，什么也没有少过。这一切都是从存在那一天起便是今天这个老样子。家里没有请过客人，吃饭的时候桌上永久是摆着两双筷子。屋子里是凡有一些些声音就没有不是单调的。总之是单调惯了，很难说他们的生活过得单调不单调，或寂寞不寂寞，说话的声音反应在墙上而后那回响也是清清朗朗的，譬如爷爷喊着小豆，在小豆没有答应之前，他自已就先听到了自己音波的共震。在他烧饭时偶尔把铁勺子掉到锅底上去，那响声会把小豆震得好像睡觉时做了一个噩梦那样的跳起。可见他家只站着四座墙了。也可见他家屋子是很大的，本来儿子活着时这屋子住着一家五个人的。墙上仍旧挂着那从前装过很多筷子的筷子笼，现在虽然变样了，但仍旧挂着。因为早就不用了，那筷子笼发霉了，几乎看不出来那是用柳条编的或是用的藤子，因为被油烟和尘土的粘腻已经变得绒毛毛的黑绿色的海藻似的了。但那里边依然装着一大把旧时用过的筷子。筷子已经脏得不像样子，看不出来那还是筷子了。

但总算没有动过气，让一年接一年地跟着过去。

连爷爷的胡子也一向就那么长，也一向就那么密重重的一堆。到现在仍旧是密得好像用人工栽上去的一样。

小豆抬起手来，触了一下爷爷的胡子梢，爷爷也就温柔地用胡子梢触了一下小豆头顶心的缨缨发。他想爷爷张嘴了，爷爷说什么话了吧，可是不然，爷爷只把嘴唇上下的吻合着吮了一下。小豆似乎听到爷爷在咂舌了。

有什么变更了呢，小豆连想也不往这边想。他没看到过什么变更过，祖父夜里出去和白天睡，还照着老样子，他自己蹲在窗台上，一天蹲到晚，也是一惯的老样子。变更了什么，到底是变更了什么。那孩子关于这个连一些些儿预感也没有。

爷爷招呼他来，并不吩咐他什么。他对于这个，他完全习惯的，他不能明白的，他从来也不问。他不懂得的就让他不懂得。他能够看见的，他就看，看不见的也就算了，比方他总想去到那莲花池，他为着这个也是很久很久的和别的一般的孩子的脾气似的，对于他要求的达不到目的就放不下。但最后不去也就算了。他的问题都是在没提出之前在他自己心里搅闹得很不舒服，一提出来之后，也就马马虎虎的算了。他多半猜得到他要求的事情就没有一件成功的。所以关于爷爷招呼他来并不吩咐他这事，他并不去追问。他自己悠闲地闪着他不大明亮的小眼睛在四外地看着，他看到了墙上爬着一个多脚虫，还爬得萨拉萨拉的响。他一仰头又看到个小黑蜘蛛缀在它自己的网上。

天就要全黑，窗外的蓝天，开初是蓝得明蓝，透蓝。再就是蓝得蓝缎子似的，显出天空有无限的深远。而现在这一刻，天气宁静了，像要凝结了似的，蓝得黑呼呼的了。

爷爷把他的手骨节一个一个的捏过，发出了脆骨折断了似的响声。爷爷仍旧什么也不说，只把头仰起看一看房顶空，小豆也跟着看了看。

那蜘蛛沉重得和一块饱满的铅锤似的，时时有从网上掉落下来的可能。和蛛网平行的是一条房梁上挂下来的绳头，模糊中还看得出绳头还结着一个圈。同时还有墙角上的木格子，那木格子上从前摆着斧子摆着墨斗、墨尺和墨线……那是儿子做木匠时亲手做起来的。老头子忽然想起了他死去的儿子，那不是他学徒满期回来的第二天就开头做了个木格子吗？他不是说做手艺人，家伙要紧，怕是耗子给他咬了才做了这木格子。他想起了房梁上那垂着的绳子也是儿子结的。五月初一媳妇出去采了一大堆艾蒿，儿子亲手把它挂在房梁上，想起来这事情都在眼前，像是还可以嗅到那艾蒿的气味。可是房梁上的绳子却污黑了，好像生了锈的沉重的锁链，垂在那里哀慕的一动也不动。老头子又看了那绳头子一眼，他的心脏立刻翻了一个面，脸开始发烧，接着就冒凉风。儿子死去也三四年了，从来没有像今天这样捉心的难过。

从前他自信，他有把握，他想他拼掉了自己最后的力量，孙儿是不会饿死的。只要爷爷多活几年，孙儿是不会饿死的。媳妇再嫁了，他想那也好的，年青的人，让她也过这样的日子有什么意思，缺柴少米，家里又没有人手。但这都是他过去的想头，现在一切都悬了空。此后怎么能吃饭呢，他不知道了，孙儿到底是能够眼看着他长大或是不能，他都不能十分确定，一些过去的感伤的场面，一段连着一段，他的思路和海上遇了风那翻花的波浪似的。从前无管怎样忧愁时也没有这样困疲过他的，现在来了。他昏迷，他心跳，他的血管暴涨，他的耳朵发热，他的喉咙发干。他摸自己两手的骨节，那骨节又开始噼拍的发响。他觉得这骨节也像变大了，变得突出而讨厌了。他要站起来走动一下，摆脱了这一切。但像有什么东西锤着他使他站不起来。

“这是干么？”

在他痛苦得不能支持，不能再任着那回想折磨下去时，他自己叫了这一个口号，同时站起身来。

“小豆，醒醒，爷爷煮绿豆粥给你吃。”他想借着和孩子的谈话把自己平伏一下，“小豆，快别迷迷糊糊的……看跌倒了……你的大蝴蝶飞了没有？”

“爷爷，你说错啦，哪里是大蝴蝶，是大蚂蚱。”小豆离开了爷爷的膝盖，努力睁开眼睛。抬起腿来就想要跑，想把那大绿豆青拿给爷爷看看。

原来爷爷连看也没有看那大绿豆青一眼，所以把蚂蚱当作蝴蝶了。他伸出手去拉住了要跑开的小豆：

“吃了饭爷爷再看。”

他伸手在自己的腰怀里取出一个小包包来，正在他取出来时，那纸包被撕破而漏了，扑拉拉的往地上落着豆粒。跟着绿豆的滚落，小豆就伏下身去，在地上拾着绿豆粒。那小手掌连掌心都和地上的灰土扣得伏贴贴的。地上好像有无数滚圆的小石子。那孩子一边拾着还一边玩着，他用手心按住许多豆粒在地上咕噜着。

爷爷看了这样的情景，心上来了一阵激动的欢喜：

“这孩子怎样能够饿死，知道吃的中用了。”

爷爷心上又来了一阵酸楚，他想到这可怜的孩子，他父亲死的时候，他才刚刚会走路，虽然那时他已四岁了，但因身体特别衰弱，外边若多少下一点雨，只怕几步路也要背在爷爷的背上。三天或五日就要生一次病。看他病的样子，实在可怜，他不哼，不叫，也不吃东西，也不要什么，只是隔了一会工夫便叫一声“爷”。问他要水吗？

“不要。”

要吃的吗？

“不要。”

眼睛半开不开的又昏昏沉沉地睡了。

睡了三五天，起来了，好了。看见什么都表示欢喜。可是过不了几天就又病了。

“病没有病死，还能饿死吗？”为了这个，晚上熄了灯之后，爷爷还是烦扰着。

过去的事情又一件一件的向他涌来，他想媳妇出嫁的那天晚上，那个开着盖的描金柜……媳妇临出门时的那哭声。在他回想起来，比在当时还感动了他。他自己也奇怪，都是些过去的，想它干么。但接着又想到他死去的儿子。

一切房里的和外边的都黑掉了，莲花池也黑沉沉的看不见了，消磨得用手去摸也摸不到，用脚去踏也踏不到似的。莲花池也和那些平凡的大地一般平凡。

大绿豆青蚂蚱也早被孩子忘记了。那孩子睡得很平稳。和一条卷着的小虫似的了。

但醒在他旁边的爷爷，从小豆的鼻孔里隔一会可以听到一声受了什么委屈似的叹息。

老头子从儿子死了之后，他就开始偷盗死人。这职业起初他不愿意干，不肯干。他想也袭用着儿子的斧子和锯，也去做一个木匠。他还可笑的在家里练习了三两天，但是毫无成绩。他利用了一块厚板片，做了一个小方凳，但那是多么滑稽，四条腿一个比一个短。他想这也没有关系，用锯锯齐了就是了。在他锯时那锯齿无论怎样也不合用，锯了半天，把凳腿都锯乱了，可是还没有锯下来。更出乎他意料之外的，他眼看着他自己做的凳开始被锯得散花了。他知道木匠是当不成了，所以把儿子的家具该卖掉的都卖掉了。还有几样东西，他就用来盗墓子了。

从死人那里得来的，顶值钱的他盗得一对银杯，两副银耳环，一副带大头的，一副光圈。还有一个包金的戒指。还有铜水烟袋一个，锡花瓶一个，银扁簪一个，其余都是些不值钱的东西，衣裳鞋帽，或是陪葬的小花玻璃杯，铜方孔钱之类。还有铜烟袋嘴，铜烟袋锅，檀香木的大扇子，也都是不值钱的东西。

夜里他出去挖掘，白天便到小镇上旧货商人那里去兜卖。从日本人一来，他的货色常常被日本人扣劫，昨天晚上就是被检查了回来的。白天有日本宪兵把守着从村子到镇上的去路，夜里有侦探穿着便衣在镇上走着，行路随时都要被检查。问那老头怀里是什么东西，那东西从哪里来的。他说不出是从哪里来的了。问他什么职业，他说不出他是什么职业。他的东西被没收了两三次，他并没有害怕，昨天他在街上看到了一大队中国人被日本人拉去当兵。又听说没有职业的人，日本人都要拉的。

旧货商人告诉他，若想不让拉去当兵，那就赶快顺了日本人。他若愿意顺了日本，那旧货商人就带着他去。昨天就把他送到了一个地方，也见过了日本人。

为着这个事，昨天晚上，他通夜没有睡，因为是盗墓子的人，夜里工作惯了，所以今天一起来精神并不特别坏，他又下到小地窖里去。他出来时，脸上划着一条一条的灰尘。

小豆站在墙角上静静地看着爷爷。

那老头把几张小铜片塞在帽头的顶上，把一些碎铁钉包在腰带头上，苍苍惶惶地拿着一条针在缝着，而后不知把什么发亮的小片片放在手心恍了几下。小豆没有看清楚这东西到底是放在什么地方。爷爷简直像变戏法一样神秘了。一根银牙签捏了半天才插进袖边里去。他一抬头看见小豆溜圆的眼睛和小钉子似的盯着他。

“你看什么，你看爷爷吗？”

小豆没敢答言，兜着小嘴羞惭惭地回过头去了。

爷爷也红了脸，推开了独板门，又到旧货商人那里去了。

有这么一天，爷爷忽然喊着小豆，那喊声非常平静，平静到了哑的地步。

“孩子，来吧，跟爷爷去。……”

他用手指尖搔着小豆头顶上的那撮毛毛发，搔了半天工夫。

那天他给孩子穿上那双青竹布的夹鞋。鞋后跟上钉着一条窄小的分带。祖父低下头去，用着粗大的呼吸给孙儿结了起来。

“爷爷，去看莲花池？”小豆和小绵羊似的站到爷爷的旁边。

“走吧，跟爷爷去……”

这一天爷爷并不带上他的刀子剪子，并不像夜里出去的那样。也不走进小地窖去，也不去找他那些铜片和碎铁。只听爷爷说了好几次：

“走吧，跟爷爷去。……”

跟爷爷到哪里去呢？小豆也就不问了，他一条小绵羊似的站到爷爷的旁边。

“就只这一回了，就再不去了……”

爷爷自己说着这样的话，小豆听着没有什么意思。或者是带他去看外祖母吗？或者是去看姑母吗？或者去进庙会吗？小豆根本就不往这边想，他没有出门去看过一位亲戚，在他小的时候，外祖母是到他家里来看过他的，那时他还不记事，所以他不知道。镇上赶集的日子，他没有去过，正月十五看花灯，他没看过。八月节他连月饼都没有吃过。那好吃的东西，他连认识都不认识。他没有见过的东西非常多，等一会走到小镇上，爷爷买给他粽子时，他就不晓得怎样剥开吃。他没有看过驴皮影，他没看过社戏。这回他将到哪里去呢？将看到一些什么，他无法想象了，他只打算跟着就走。越快越好，立刻就出发他更满意。

他觉得爷爷那是麻烦得很，给他穿上这个，穿上那个，还要给他戴一顶大帽子，说是怕太阳晒着头，那帽子太大了，爷爷还教给他，说风来时，就用手先去拉住帽沿。给他洗了脸，又给他洗了手。洗脸时他才看到孙子的颈子是那么黑了，面巾打上去，立刻就起了和菜棵上黑色的一堆一堆的腻虫似的泥滚。正在擦着耳朵，耳洞里就掉出一些白色的碎末来。看看手指甲也像鸟爪那么长了。爷爷还想给剪一剪，因为找剪刀而没有找到，他想从街上回来再好好的连头也得剪一剪。

小豆等得实在不耐烦了，爷爷找不到剪刀，他就嚷嚷着：

“爷爷，你不是前天把剪子和……和……把剪子撇到腰带里出去的吗？”

老头子感到很大的羞辱，立刻红了脸。他想：这孩子可怎么看见的呢？我一切不都是背着他吗？于是他招呼着：

“走吧！”

他们就出了门。

天是晴的，耀眼的。空气发散着从野草里边蒸腾出来的甜味。地平线的四边都是绿色，绿得那么新鲜，碎绿，湛绿，油亮亮的绿。地平线边沿上的绿，绿得冒烟了，绿得是那边下着小雨似的。而近处，就在半里路之内，都绿得完全像玻璃。

好像有什么在迷了小豆的眼睛，对于这样大的太阳，他昏花了，这样清楚的天气，他想要看的什么都看不清了。比方那幻想了好久的莲花池，就一时找不到了。他好像土拨鼠被带到太阳下那样瞎了自己的眼睛。小豆实在是个小土拨鼠，他不但眼睛花，而腿也站不住，就像他只配永久蹲在土洞里。

“小豆，小豆。”爷爷在后边喊他。

“裤子露屁股了，快回去，换上再来。”爷爷已经转回身去向着家的方面。等他想起小豆只有一条裤子，他就又同孩子一同往前走了。

镇上是赶集的日子，爷爷就是带了孙儿来看看热闹，同时一会就有钱了，可以给他买点什么。

“小豆要买什么，什么他喜欢，带他自己来，让他选一选。”祖父一边走着一边想着。可是必得扯几尺布，做一条裤子给他。

绕过了莲花湖，顺着那条从湖边延展开去的小道，他们向前走去。现在小豆的眼睛也不花了，腿也充满了力量。那孩子在蓝色的天空里好像是唱着优美的歌似的。他一路走一路向着草地给草起了各种的名字。他周围的一切在他看来，也都是喧闹的带着各种的声息在等候他的呼应。由于他心脏比平时加快的跳跃，他的嘴唇也像一朵小花似的微微在他脸上突起了一点，还变了一点淡红色。他随处弯着腰，随处把小手指抚压到各种野草上。刚一开头时，他是选他喜欢的小花把它摘在手里。开初都是些颜色鲜明的，到后来他就越摘越多，无管什么大的小的黄的紫的或白的……就连野生的大麻果的小黄花，他也摘在手里，可是这条小路是很短的。一走出了小路就是一条黄色飞着灰尘的街道。

“爷爷到哪儿去呢？”小豆抬起他苍白的小脸。

“跟着爷爷走吧。”

往下他也就不问了，好像一条小狗似的跟在爷爷的后边。

市镇的声音，闹嚷嚷，在五百步外听到人声哄哄的就有些震耳了。祖父心情是烦忧的而也是宁静的。他把他自己沉在一种庄严的喜悦里，他对孙儿这是第一次想要花费，想要开销一笔钱。他的心上时时活动着一种温暖，很快的这温暖变成了一种体贴，当他看到小豆今天格外快活的样子，他幸福的从眼梢上开启着微笑。小豆的不大健康可爱的小腿，一跳一跳的做出伶俐的姿态来。爷爷几次想要跟他说几句话，但是为了内心的喜爱，他张不开嘴，他不愿意凭空的惊动了那可爱的小羊。等小豆真正地走到市镇上来，小镇的两旁，都是些卖吃食东西的，红山楂片，压得扁扁的墨枣，香色的橄榄。再过去也是卖吃食东西的，在小豆看来这小镇上，全都是可吃的了。他并没有向爷爷要什么，也不表示他对这吃得很留意，他表面上很平淡的样子就在人缝里往前挤，但心里头，或是嘴里边，随时感到一种例外的从来所未有的感觉。尤其是那卖酸梅汤的，敲着铜茶托发出来那清凉的声音。他越听那声音越凉快，虽然不能够端起一碗来就喝下去，但总觉得一看就凉快。可是他又不好意思停下来多看一会，因为平常没有这习惯，他一刻也不敢单独的随心所欲地停在那里多停一刻，他总怕有人要打他。但这是在市镇上并非在家里，这里的人多得很，怎能够有人打他呢？这个连他自己也不想得十分彻底，是一种下意识的存在。所以紧跟着爷爷，走到人多的地方，他竟伸出手来拉着爷爷。卖豌豆的，卖大圆白菜的，卖青辣椒的……这些他都没有看见。有一个女人举着一个长杆，杆子头上挂着各种颜色的棉线。小豆竟被这棉线挂住了颈子。他神经质的十分恐怖地喊了一声，爷爷把线从他颈子上取下来，他看到孙儿的眼睛里呈现着一种清明的可爱的过于怜人的景色。于是小豆听到了爷爷的嘴里吐出来一种带香味的声音：

“你要吃点什么吗？这粽子，你喜欢吗？”

小豆不知道那是什么东西，也许五六年前他父亲活着时他吃过，那早就忘掉了。

爷爷从那瓦盆里提出来一个，是三角的，或者是六角的，总之在小豆看着这生疏的东西，带着很多尖尖。爷爷问他，指着瓦盆子旁边在翻开着的锅。

“你要吃热的吗？”

小豆忘了，那时候是点点头，还是摇摇头。总之他手里已经提着一个尖尖的小玩意了。

爷爷想要买的东西，都不能买，反正一会回来买，所以他带的钱只有几个铜板，但是他并不觉得怎样少，他很自满地向前走着。

小豆的裤子正在屁股上破了一大块，他每向前抬一下腿，那屁股就有一块微黄色的皮肤透露了一下。这更使祖父对他起着怜惜。

“这孩子，和三月的小葱似的，只要沾着一点点雨水就马上会肥起来的……”一想到这里，他就快走了几步，因为过了这市镇前边是他取钱的地方。

小豆提着粽子还没有打开吃，虽然他在卖粽子的地方，看过了别人都是剥了皮吃的，但他到底不能确定，不剥皮是否也可以吃。最后他用牙齿撕破了一个大角，他吃着，吸着，还用两只手来帮着忙开始吃了。

他那采了满手的野花丢在市镇上被几百几十的人踏着，而他和爷爷走出市镇了。

走了很多弯路，爷爷把他带到一个好像小兵营的门口。

孩子四外看一看，想不出这是什么地方。门口站着穿大靴子的兵士，头上戴着好像小铁盆似的帽子。他想问爷爷：这是日本兵吗？因为爷爷推着他，让他在前边走，他也就算了。

日本兵刚来到镇上时，小豆常听舅父说“汉奸”，他不大明白，不大知道舅父所说的是什么话。可是日本兵的样子和舅父所说的一点也不差，他一看了就害怕。但因为爷爷推着他往前走，他也就进去了。

正是里边吃午饭的时候，日本人也给了他一个饭盒子，他胆怯地站在门边把那一尺来长三寸多宽的盒子接在手里，爷爷替他打开了，白饭上还有两片火腿这东西，油亮亮的特别香。他从来没见过。因为爷爷也吃，他也就把饭吃完了。

他想问爷爷，这是在什么地方，在人多的地方，他更不敢说话，所以也就算了。但这个地方总不大对，过了不大一会工夫，那边来一个不戴铁帽子也不穿大靴子的平常人把爷爷招呼着走了。他立时就跟上去，但是被门岗挡住了，他喊：

"爷爷，爷爷。"他的小头盖上冒了汗珠，好像喊着救命似的那么喊着。

等他也跟着走上了审堂时，他就站在爷爷的背后，还用手在后边紧紧地勾住爷爷的腰带。

这间房子的墙上挂着马鞭，挂着木棍，还有绳子和长杆，还有皮条。地当心还架着两根木头架子，和秋千架子似的环着两个大铁环，环子上系着用来把牛缚在犁杖上那么粗的大绳子。

他听爷爷说"中国"又说"日本"。

问爷爷的人一边还拍着桌子，他看出来爷爷也有点害怕的样子，他就在后边拉着爷爷的腰带，他说：

"爷爷，回家吧。"

"回什么家，小混蛋，他妈的，你家在哪里。"那拍桌子的人就向他拍了一下。

正是这时候，从门口推进大厅来一个和爷爷差不多的老头，戴铁帽子的腰上挂着小刀子的（即刺刀），还有些穿着平常人的衣裳的。这一群都推着那个老头，老头一边叫着就一边被那些人用绳子吊了上去，就吊在那木头架子上。那老头的脚一边打着旋转，一边就停在空中了。小豆眼看着日本兵从墙上摘下了鞭子。

那孩子并没有听到爷爷说了什么，他好像从舅父那里听来的，中国人到日本人家里就是“汉奸”。于是他喊着：

“汉奸，汉奸……爷爷回家吧……”

说着躺在地上就大哭起来。因为他拉爷爷，爷爷不动的缘故，他又发了他大哭的脾气。

还没等到爷爷回过头来，小豆被日本兵一脚踢到一丈多远的墙根上去，嘴和鼻子立刻流了血，和被损害了的小猫似的，不能证明他还在呼吸或没有，可是喊叫的声音一点也没有了。

爷爷站起来，就要去抱他的孙儿。

“混蛋，不能动，你绝不是好东西。……”

审问的中国人变了脸色的缘故，脸上的阴影，特别的黑了起来，从鼻子的另一面全然变成铁青了。而后说着日本话，那老头虽然听了许多天了也一句不懂。只听说“带斯内……带斯内……”日本兵就到墙上去摘鞭子。

那边悬起来的那个人，已开始用鞭子打了。

小豆的爷爷也同样的昏了过去。他的全身没有一点痛的地方。他发了一阵热，又发了一阵冷，就达到了这样一种沉沉静静的境地。一秒钟以前那难以忍受的火刺刺的感觉，完全消逝了，只这么快就忘得干干净净。孩儿怎样了，死了还是活着，他不能记起，他好像走到了另一个世界，没有痛苦，没有恐怖，没有变动，是一种永恒的。这样他不知过了多久，像海边的岩石他不能被世界晓得它是睡在波浪上多久一样。

他刚一明白了过来，全身疲乏得好像刚刚到远处去旅行了一次，口渴，想睡觉，想伸一伸腰。但不知为什么伸不开，想睁开眼睛看一看，但也睁不开。他站了好几次，也站不起来。等他的眼睛可能看到他的孙儿，他向着他的方向爬去了。他一点没有怀疑他的孙儿是死了还是活着，他抱起他来，他把孙儿软条条的横在爷爷的膝盖上。

这景况和他昏迷过去的那景况完全不同，挂起来的那老头没有了，那一些周围的沉沉的面孔也都没有了，屋子里安静得连尘土都在他的眼前飞，光线一条条的从窗橱跌进来，尘土在光线里边变得白花花的。他的耳朵里边，起着幽幽的鸣叫。鸣叫声似乎离得很远，又似乎听也听不见了。一切是静的，静得使他想要回忆点什么也不可能。若不是厅堂外边那些日本兵的大靴子叮当地响，他真的不能分辨他是处在什么地方了。

孙儿因为病没有病死，还能够让他饿死吗？来时经过那小市镇，祖父是这样想着，打算回来时，一定要扯几尺布给他先做一条裤子。

现在小豆和爷爷从那里来时走过的市镇上回来了。小豆的鞋子和一棵硬壳似的，为着一根带子的连系，尚且挂在那细小的腿上，他的屁股露在爷爷的手上。嘴和鼻子上的血尚且没有揩。爷爷的膝盖每向前走一步，那孩子的胳臂和腿也跟着游荡一下。祖父把孩子拖长的摊展在他的两手上。仿佛在端着什么液体的可以流走的东西，时时在担心他会自然的掉落，可见那孩子绵软到什么程度了。简直和面条一样了。

祖父第一个感觉知道孙儿还活着的时候，那是回到家里，已经摆在炕上，他用手掌贴住了孩子的心窝，那心窝是热的，是跳的，比别的身上其余的部分带着活的意思。

这孩子若是死了好像是应该的，活着使祖父反而把眼睛瞪圆了。他望着房顶，他捏着自己的胡子，他和白痴似的，完全像个呆子了。他怎样也想不明白。

“这孩子还活着吗？哎呀，还有气吗？”

他又伸出手来，触到了那是热的，并且在跳，他稍微用一点力，那跳就加速了。

他怕他活转来似的，用一种格外沉重的忌恨的眼光看住他。

直到小豆的嘴唇自动地张合了几下，他才承认孙儿是活了。

他感谢天，感谢佛爷，感谢神鬼。他伏在孙儿的耳朵上，他把嘴压住了那还在冰凉的耳朵。

“小豆小豆小豆小豆小……”

他一连串和珠子落了般地叫着孙儿。

那孩子并不能答应。只像苍蝇咬了他的耳朵一下似的使他轻轻地动弹一下。

他又连着串叫：

“小豆，看看爷爷，看……看爷一眼。”

小豆刚把眼睛睁开一道小缝，爷爷立刻扑了过去。

“爷……”那孩子很小的声音叫了一声。

这声音多么乖巧，多么顺从，多么柔软。它打动了爷爷的心窝了。爷爷的眼泪经过了胡子往下滚，没有声音的，和一个老牛哭了的时候一样。

并且爷爷的眼睛特别大，两张小窗户似的。通过了那玻璃般的眼泪而能看得很深远。

那孩子若看到了爷爷这样大的眼睛，一定害怕而要哭起来的。但他只把眼开了个缝而又平平坦坦的昏昏沉沉地睡了。

他是活着的，那小嘴，那小眼睛，小鼻子……

爷爷的血流又开始为着孙儿而活跃。他想起来了，应该把那嘴上的血揩掉，应该放一张凉水浸过的手巾在孙儿的头上。

他开始忙着这个，他心里是有计划的，而他做起来还颠三倒四，他找不到他自己的水缸，他似乎不认识他已经取在水盆里的是水。他对什么都加以思量的样子，他对什么都像是犹疑不决。他的举动说明着他是个多心的十分有规律的做一件事的人。其实，他都不是，而且正相反，他是为了过度的喜欢使他把周围的一切都掩没了，都看不见了，而也看不清，他失掉了记忆。恍恍惚惚的他自己也不知道他自己是怎么着了。

可笑的，他的手里拿着水盆还在四面的找水盆。

他从小地窖里取出一点碎布片来，那是他盗墓子时拾得的死人的零碎的衣裳。他点了一把火，在灶口把它烧成了灰。把灰拾起来放在饭碗里，再浇上一点冷水，而后用手指捏着摊放在小豆的心口上。

传说这样可以救命。

左近一切人家都睡了的时候，祖父仍在小灶腔里燃着火，仍旧煮着绿豆汤……

他把木板碗橱拆开来烧火，他举起斧子来。听到炕上有哼声他就把斧子抬得很高很高的举着而不落。

“他不能死吧。”他想。

斧子的响声脆快得很，一声声的在劈着黑沉沉的夜。

“爷……”

里边的孩子又叫了爷爷一声。

爷爷走进去，低低地答应着。

过一会又喊着，爷爷又走进去低低地答应着，接着他就翻了个身喊了一声，那声音是急促的，微弱的。接着又喊了几声，那声音越来越弱。声音松散的，几乎听不出来喊的是爷爷。不过在爷爷听来就是喊着他了。

鸡鸣是报晓了。

莲花池的小虫子们仍旧唧唧地叫着……间或有青蛙叫了一阵。

无定向的，天边上打着露水闪。

那孩子的性命，谁知道会继续下去，还是会断绝的。

露水闪不十分明亮，但天上的云也被它分得远近和种种的层次来，而那莲花池上小豆所最喜欢的大绿豆青蚂蚱，也一闪一闪的在闪光里出现在莲花叶上。

小豆死了……

爷爷以为他是死了，不呼吸，也不叫……没有哼声，不睁眼睛，一动也不动。

爷爷劈柴的斧子，在门外举起来而落不下去了。他把斧子和木板一齐安安然然的放在地上。静悄悄地靠住门框他站着了。

他的眼光看到了墙上活动着的蜘蛛，看到了沉静的蛛网。又看到了地上三条腿的板凳，看到了掉了底的碗橱，看到了儿子亲手结的挂艾蒿的悬在房梁上的绳子，看到了灶腔里跳着的火。

他的眼睛是从低处往高处看，看了一圈，而后还落到低处。但他就不见他的孙儿。

而后他把眼睛闭起来了，他好似怕那闪闪耀耀的火光会迷了他的眼睛，他闭了眼睛是表示他对了火关了门。他看不到火了，他就以为火也看不到他了。

可是火仍看得到他，把他的脸炫耀得通红，接着他就把通红的脸埋没到自己阔大的胸前，而后用两只袖子包围起来。

然而他的胡子梢仍没有包围住，就在他一会高涨，一会低抽的胸前骚动……他喉管里像吞住一颗过大的珠子，时上时下的而咕噜咕噜的在鸣。而且喉管也和泪线一样起着暴痛。

这时候莲花池仍旧是莲花池。露水闪仍旧不断地闪合。鸡鸣远近都有了。

但在莲花池的旁边，那灶口生着火的小房子门口，却划着一个黑大的人影。

那就是小豆的祖父。

一九三九年五月十六日嘉陵江居

孩子的讲演

这一个欢迎会，出席的有五六百人，站着的，坐着的，还有挤在窗台上的。这些人多半穿着灰色的制服，因为除了教授之外，其余的都是这学校的学生，而被欢迎的则是另外一批人，这小讲演者就是被欢迎之中的一个。

第一个上来了一个花胡子的，两只手扶着台子的边沿，好像山羊一样，他垂着头讲话，讲了一段话，而后把头抬了一会，若计算起来大概有半分钟，在这半分钟之内，他的头特别向前伸出，会叫人立刻想起在图画上曾看过的长颈鹿。等他的声音再一开始，连他的颈子，连他额上的皱纹都一齐摇震了一下，就像有人在他的背后用针刺了他的样子。再说他的花胡子，虽然站在这大厅的最末的一排，也能够看到是已经花的了。因为他的下巴过于喜欢运动，那胡子就和什么活的东西挂在他的下巴上似的，但他的胡子可并不长。

“……他……那人说的是什么？为什么这些人都笑！”

在掌声中人们就笑得哄哄的，也用脚擦着地板。因为这大厅四面都开着窗子，外边的风声和这几百人的哄声，把别的一切会发响的都止息了；咳嗽声，剥着落花生的声音，还有别的悉悉索索的从群众发出来的特有的声音，也都听不见了。

当然那孩子问的也没有人听见。

“告诉我！笑什么……笑什么……”他拉住了他旁边的那女同志，他摇着她的胳臂。

“可笑呵……笑他滑稽，笑他那样子。”那女同志一边用手按住嘴，一边告诉那孩子，“你看吧……在那边，在那个桌子角上还没有坐下来呢……他讲演的时候，他说日本人呵哈你们说，你们说……中国人呵哈，你们说，你们说……高丽人呵哈……你们说，‘你们说……你们说，你们说。’他说了一大串呀……”

那孩子站起来看看，他是这大厅中最小的一个，大概也没看见什么，就把手里剥好的花生米放在嘴里，一边嚼着一边拍着那又黑又厚的小肥手掌，等他团体里的人叫着：

“王根！小王根……”

他才缩一缩脖颈，把眼睛往四边溜一下，接着又去吃落花生，吃别的在风沙地带所产的干干的果子，吃一些混着沙土的点心和芝麻糖。

王根他记得从出生以来，还没有这样大量的吃过，虽然他从加入了战地服务团，在别处的晚会或欢迎会上也吃过糖果，但没有这样多并且也没有这许多人，所以他回想着刚才他排着队来赴这个欢迎会路上的情景，他越想越有意思，比方那高高的城门楼子，走在城门楼子里说话那种空洞的声音，一出城门楼子，就看到那么一个圆圆的月亮，而且可以随时听到满街的歌声，这些歌子，他也都会唱。并且他还骄傲着，他觉得他所会的歌比他所听到的还多着哩！他还会唱小曲子，还会打莲花落……这些都是来到战地服务团里学的。

“……别看我年纪小，抗日的道理可知道得并不少……唾登唾……唾登唾……”他在冒着尘土的队尾上，偷着用脚尖转了个圈，他一边走路一边作着唱莲花落时的姿势。

现在他又吃着这许多东西，又看着这许多人。他的柔和的眼光，好像幼稚的兔子在它幸福饱满的时候所发出的眼光一样。

讲演者一个接着一个，女讲演者，老讲演者，多数的是年青的讲演者。

由于开着窗子和门的关系，所有的讲演者的声音，都不十分响亮，平凡的，拖长的……因为那些所讲的悲惨的事情都没有变样，一个说日本帝国主义，另一个也说日本帝国主义。那些过于庄严的脸孔，在一个欢迎会是不大相宜。只有蜡烛的火苗抖擞得使人起了一点宗教感。觉得客人和主人都是虔诚的。

被欢迎的宾客，是一个战地服务团。当那团里的几个代表讲演完毕，一阵暴风雨似的掌声，不知道是谁提议叫孩子王根也走上讲台。

王根发烧了，立刻停止了所吃的东西，血管里的血液开始不平凡地流动起来。好像全身就连耳朵都侵进了虫子，热，昏花。他对自己的讲演，平常很有把握，在别的地方也说过几次话，虽然不能够证明自己的声音大小，但是并不恐惧，就像在台上唱莲花落时一样没有恐惧，这次，他也并不是恐惧，因为这地方人多，又都是会讲演的，他想他特别要说得好一点。

他没有走上讲台去，人们就使他站上他的木凳。

于是王根站上了自己的木凳。

人们一看到他就喜欢他，他的小脸一边圆圆的红着一块，穿着短小的，好像小兵似的衣服，戴着灰色的小军帽，他一站上木凳来，第一件事是他手放在帽沿前行着军人的敬礼。而后为着稳定一下自己，他还稍稍地站了一会还向四边看看，他刚开口，人们禁止不住对他贯注的热情就笑了起来。这种热情并不怎样尊敬他，多半把他看成一个小玩物，一种蔑视的爱起浮在这整个的大厅。

“你也会讲演吗？你这孩子……你这小东西……”人们都

用这种眼光看看他，并且张着嘴，好像要吃了他，他全身都热起来了。

王根刚一开始，就听到周围哄哄的笑声，他把自己检点了一下：

“是不是说错啦？”因为他一直还没有开口。

他证明自己没有说错，于是，接着说下去，他说他家在赵城……

“我离开家的时候，我家还剩三个人，父亲，母亲和妹妹，现在赵城被敌人占了，家里还有几个人，我就不知道了。我跑到服务团来，父亲还到服务团来找我回家，他说母亲让我回去，母亲想我我不回去，我说日本鬼子来把我杀了，还想不想？我就在服务团里当了勤务。我太小，打日本鬼子不分男女老幼。我当勤务在宣传的时候我也上台唱莲花落……”

又当勤务，又唱莲花落，不是没有人笑，不知为什么反而平静下去，大厅中人们的呼吸和游丝似的轻微。蜡烛在每张桌子上抖擞着，人们之中有的咬着嘴唇，有的咬着指甲，有的把眼睛掠过人头而投视着窗外，站在后边的那一堆灰色的人，就像木刻图上所刻的一样，笨重，粗糙，又是完全一类型，他们的眼光都像反映在海面上的天空那么深沉，那么无底。窗外则站着更冷静的月亮。

那稀薄的白色的光，扫遍着全院子的房顶，就是说扫遍了全个学校的校舍，它停在古旧的屋瓦上，停在四周的围墙上。在风里边卷着的沙土和寒带的雪粒似的，不住地扫着墙根，扫着纸窗，有时更弥补了阶前房后不平的坑坑洼洼。

一九三八年的春天，月亮引走在山西的某一座城上，它和每年的春天一样。但是今夜它在一个孩子的面前做了一个伟大的听众。

那稀薄的白光就站在门外五尺远的地方，从房檐倒下来的影子，切了整整齐齐的一排花纹横在大厅的后边。

大厅里像排着什么宗教的仪式。

小讲演者虽然站在凳子上，并不比人高出多少。

“父亲让我回家，我不回家，让我回家，我……我不回家……我就在服务团里当了勤务，我就当了服务团里的勤务。”

他听到四边有猛烈的鼓掌的声音，向他潮水似的涌来，他就心慌起来，他想他的讲演还没有完，人们为什么鼓掌？或者是说错了！又想，没有错，还不是有一大段吗？还不是有日本帝国主义没有加上吗？他特别用力镇定着自己，把手插在口袋去，他的肚子好像涨了起来，向左边和右边摇了几下，小嘴好像含着糖球涨得圆圆的。

“我当了勤务……当了服务团里的勤务……我……我……”

人们接着掌声，就来了笑声，笑声又接起着掌声。王根说不下去了，他想一定是自己出了笑话，他要哭：他想马上发现出自己的弱点以便即刻纠正，但是不成，他只能在讲完之后，才能检点出来，或者是衣服的不齐整，或者是自己的呆样子，他不能理解这笑是人们对他多大的爱悦。

“讲下去呀！王根……”他本团的同志喊着他。

“日本帝国主义……日本鬼子。”他就像喝过酒的孩子，从木凳上跌落下来的一样。

他的眼泪已经浸上了睫毛，他什么也看下见，他不知道他是站在什么地方，他不知道他自己是在做什么。他觉得就像玩着的时候从高处跌落下来一样的瘫软，他觉得自己的手肥大到可怕而举不动的程度，当他用手背揩抹着滚热的眼泪的时候。

人们的笑声更不可制止了。看见他哭了。

王根想：这讲演是失败了，完了，光荣在他完全变成了懊悔，而且是自己破坏了自己的光荣，他没有勇气再作第三次的修正，他要从木凳坐下来，他刚一开始弯曲他的膝盖，就听到人们向他呼喊！

“……讲得好，别哭啊……再讲再讲……没有完，没有完……”

其余的别的安慰他的话，他就听不见了，他觉得这都是嘲笑，于是更感到自己的耻辱，更感到不可逃避，他儿乎哭出声来，他便自跌到不知道是什么人的怀里大哭起来。

这天晚上的欢迎会，一直继续到半夜。

王根再也不吃摆在他面前的糖果了。他把头压在桌边上，就像小牛把头撞在栏栅上那么粗蛮，他手里握着一个红色上面带着黄点的山楂，那山楂，就像用热水洗过的一样。当他用右手抹着眼泪的时候，那小果子就在左手的手心里冒着气，当他用左手抹着眼泪的时候，那山楂就在他右手的手心里冒着气。

为什么人家笑呢？他自己还不大知道，大概是自己什么地方说错了，可是又想不起来，好比家住在赵城，这没有错，来到服务团，也没有错，当了勤务也没有错，打倒日本帝国主义也没说错……这他自己也不敢确信了，因为那时候在笑声中，把自己实在闹昏了。

退出大厅时，王根照着来时的样子排在队尾上，这回在路上他没有唱莲花落，他也没有听到四处的歌声，但也实在是静了。只有脚下踢起来的尘土还是冒着烟儿的。

这欢迎会开过了，就被人们忘记了，若不去想，就像没有这么回事存在过。

可是在王根，一个礼拜之内，他常常从夜梦里边坐起来，但永远梦到他讲演，并且每次讲到他当勤务的地方，就讲不下去了，于是他怕，他想逃走，可是总逃走不了，于是他叫喊着醒来了，和他同屋睡觉的另外两个比他年纪大一点的小勤务的鼾声证明了他自己也和别人一样的在睡觉，而不是在讲演。

但是那害怕的情绪，把他在小床上缩做了一个团子，就仿佛在家里的时候为着夜梦所恐惧缩在母亲的身边一样。

“妈妈……”这是他往日自己做孩子时候的呼喊。

现在王根一点声音也没有就又睡了，虽然他才九岁，因为他做了服务团的勤务，他就把自己也变作大人。

一九三八年十月

山　下

清早起，嘉陵江边上的风是凉爽的，带着甜味的朝阳的光辉凉爽得可以摸到的微黄的纸片似的，混着朝露向这个四围都是山而中间这三个小镇蒙下来。

从重庆来的汽船，五颜六色的，好像一只大的花花绿绿的饱满的包裹，慢慢吞吞地从水上就拥来了。林姑娘看到，其实她不用看，她一听到那啌啌啌响声，就喊着她母亲：“奶妈，洋船来啦……”她拍着手，她的微笑是甜蜜的，充满着温暖和爱抚。

她是从母亲旁边单独的接受着母亲整个所有的爱而长起来的，她没有姐妹或兄弟。只有一个哥哥，是从别处讨来的，所以不算是兄弟，她的父亲整年不在家，就是顺着这条江坐木船下去，多半天工夫可以到的那么远的一个镇上去做窑工。林姑娘偶然在过节或过年看到父亲回来，还带羞的和见到生人似的，躲到一边去。母亲嘴里的呼唤，从来不呼唤另外的名字，一开口就是林姑娘，再一开口又是林姑娘。母亲的左腿，在儿时受了毛病的，所以她走起路来，永远要用一只手托着膝盖。哪怕她洗了衣裳，要想晒在竹竿上，也要喊林姑娘。因为母亲虽然有两只手，其实就和一只手一样。一只手虽然把竹竿子举到房檐那么高，但结在房檐上的那个棕绳的圈套，若不再用一只手拿住它，那就大半天工夫套不进去。等林姑娘一跑到跟前，那一长串衣裳，立刻在房檐下晒着太阳了。母亲烧柴时是坐在一个一尺高的小板凳上，因为是坐着，她的左腿任意可以不必管它，所以她这时候是两只手了，左手拿柴，右手拿着火剪子，她烤的通红的脸。小女孩用不到帮她的忙就到门前去看那从重庆开来的汽船。

那船沉重得可怕了，歪歪着走，机器啌隆啌隆的响，而且船尾巴上冒着那么黑的烟。

“奶妈，洋船来啦。”

她站在门口喊着她的母亲，她甜蜜地对着那汽船微笑。她拍着手，她想要往前跑几步。可是母亲在这时候又在喊着林姑娘。

锅里的水已经烧得翻滚了，母亲招呼她把那盛着麦粉的小泥盆递给她。其实母亲并不是绝对不能用一只手把那小盆拿到锅台上去，因为林姑娘是非常乖的孩子，母亲爱她，她也爱母亲。是凡母亲招呼她时，她没有不听从的。虽然她没能详细地看一看那汽船，她仍是满脸带着笑容。把小泥盆交到母亲手里，她还问母亲：

“要不要别个啦，还要啥子呀？”

那洋船也没有什么好看的，从城中大轰炸时起，天天还不是把洋船载得满满的，和胖得翻不过身来的小猪似的载了一个多月。开初那是多么惊人呀，就连跌腿的妈妈，有时也左手按着那脱了筋的膝盖，右手抓着女儿的肩膀，也一拐一拐地往江边上跑。跑着去看那听说是完全载着下江人的汽船。

传说那下江人（四川以东的，他们皆谓之下江）和他们不同，吃得好，穿得好，钱多得很。包裹和行李就更多，因此这船才挤得风雨不透。又听说下江人到哪里，先把房子刷上石灰，黑洞洞的屋子，他们说他们一天也不能住，若是有用人，无缘无故的，就赏钱，三角五角的。一块八角的，都不算什么。听说就隔着一道江的对面……也不是有一个姓什么的，今天给那雇来的婆婆两角钱，说让她买一个草帽戴；明天又给一吊钱，说让她买一双草鞋，下雨天好穿。下江人，这就是下江人哪……站在江边上的，无管谁，林姑娘的妈妈，或是林姑娘的邻居，若一看到汽船来，就都一边指着一边儿喊着。

清早起林姑娘提着篮子，赤着脚走在江边清凉的沙滩上。洋船在这么早，一只也不会来的，就连过河的板船也没有几只。推船的孩子睡在船板上，睡得那么香甜，还把两只手从头顶伸出垂到船外边去，那手像要在水里抓点什么似的。而那每天在水里洗得很干净的小脚，只在脚掌上染着点沙土，那脚在梦中偶尔擦着船板一两下。

过河的人很稀少，好久好久没有一个，板船是左等也不开，右等也不开。有的人看着另外的一只也上了客人，他就跳到那只船上，他以为那只船或者会先开，谁知这样一来，两只船就都不能开了。两只船都弄得人数不够。撑船的人看看老远的江堤上走下一个人来，他们对着那人大声地喊起：

“过河……过河……”

同时每个船客也都把眼睛放在江堤上。

林姑娘就在这冷清的早晨，不是到河上来担水，就是到河上来洗衣裳。她把要洗的衣裳从提兜里取出来，摊在清清凉凉的透明的水里，江水冰凉的带着甜味舐着林姑娘的小黑手。她的衣裳鼓胀得鱼泡似的浮在她的手边，她把两只脚也放在水里，她寻着一块很干净的石头坐在下面。这江平得没有一个波浪，林姑娘一低头，水里还有一个林姑娘。

这江静得除了推船的人喊着过河的声音，就连对岸这三个市镇中最大的一个也还在睡觉呢。

打铁的声音没有，修房子的声音没有，或者一四七赶场的闹嚷嚷的声音，一切都听不到。在那江对面的大沙滩坡上，一漫平的是沙灰色，干净得连一个黑点或一个白点都不存在。偶尔发现那沙滩上走着一个人，那就只和小蚂蚁似的渺小得十分可怜了。

好像翻过这四围的无论哪一个山去，也不见得会有人家似的，又像除了这三个小镇，而世界也没有什么别的东西了。

这条江经过这三镇，是从西往东流，看起来没有多远，好像十丈八丈之外（其实是四五里路之外）这江就转弯了。

林姑娘住的这东阳镇在三个镇中最没有名气，是和 ×× 镇对面，和 ××× 镇站在一条线上。

这江转弯的地方黑乎乎的是两个山的夹缝。

林姑娘顺着这江，看一看上游，又看一看下游，又低头去洗她的衣裳。她洗衣裳时不用肥皂，也不用四川土产的皂荚。她就和玩似的把衣裳放在水里而后用手牵着一个角，仿佛在牵着一条活的东西似的，从左边游到右边，又从右边游到左边，母亲选了顶容易洗的东西才叫她到河边来洗，所以她很悠闲。她有意把衣裳按到水底去，满衣都擦满了黄宁宁的沙子，她觉得这很好玩，这多有意思呵，她又微笑着赶快把那沙子洗掉了，她又把手伸到水底去，抓起一把沙子来，丢到水皮上，水上立刻起了不少的圆圈，这小圆圈一个压着一个，彼此互相的乱七八糟的切着，很快就都抖擞着破坏了，水面又归于原来那样平静。她又抬起头来向上游看看，向下游看看。

下游江水就在两山夹缝中转弯了，而上游比较开敞，白亮亮的，一看看到很远。但是就在她的旁边有一串横在江中好像大桥似的大石头，水流到这石头旁边，就翻浆似的搅混着。在涨水时江水一流到此地就哇哇地响叫。因为是落了水，那石头记的水上标尺的记号，一个白圈一个白圈的，从石头的顶高处排到水里去，在高处的白圈白得十分漂亮，在低处的，常常受着江水的洗淹，发灰了，看不清了。

林姑娘要回去了，那筐子比提来时重了好几倍，所以她歪着身子走，她的发辫的梢头，一摇一摇的，跟她的筐子总是一个方向，她走过那块大石板石，筐子里衣裳流下来的水，滴了不少水点在大石板上。石板的石缝里是前两天涨水带来的小白鱼，已经死在石缝当中了，她放了筐子，伸手去触它，看看是死了的，拿起筐子来她又走了。

她已走上江堤去了，而那大石板上仍旧留着林姑娘长形提筐的印子，可见清早的风是多么凉快，竟连个小印一时也吹扫不去。

林姑娘的脚掌，踏着冰凉的沙子走上高坡了。经过小镇上的一段石板路，经过江岸边一段包谷林。太阳仍旧稀薄的微弱的向这山中的小镇照着。

林姑娘离家门很远便喊着：

“奶妈，晒衣裳啦。”

奶妈一拐一跌的站到门口等着她。

隔壁王家那丫头比林姑娘高，比林姑娘大两三岁。她招呼着她，她说她要下河去洗被单，请林姑娘陪着她一道去。

她问了奶奶一声，就跟着一道又走了。这回是那王丫头领头跑得飞快，一边跑一边笑，致使林姑娘的母亲问她给下江人洗被单好多钱一张，她都没有听到。

河边上有一只板船正要下水，不少的人在推着，呼喊着；而那只船在一阵大喊之后，向前走了一点点，等一接近着水，人们一阵狂喊，船就滑下水去了。连看热闹的人也都欢喜地说：

“下水了，下水了。”

林姑娘她们正走在河边上，她们也拍着手笑了。她们飞跑起来，沿着那前几天才退了水被水洗劫出来的大崖坡跑去了。一边跑着一边模仿着船夫用宽宏的嗓子喊起：

“过河……过河……”

王丫头弯了腰，捡了个圆石子，抛到河心去，林姑娘也同样抛了一个。

林姑娘悠闲的快活的，无所挂碍的在江边上用沙子洗着脚，用淡金色的阳光洗着头发。呼吸着含着露珠的新鲜的空气。远山蓝绿蓝绿地躺着。近处的山带着微黄的绿色，可以看得出那一块是种的田，那一块长的黄桷树。

等林姑娘回到家里母亲早在锅里煮好了麦粑，在等着她。

林姑娘和她母亲的生活，安闲，平静，简单。

麦粑是用整个的麦子连皮也不去磨成粉，用水搅一搅，就放在开水的锅里来煮，不用胡椒、花椒，也不用葱，也不用姜，不用猪油或菜油，连盐也不用。

林姑娘端起碗来吃了一口，吃到一种甜丝丝的香味。母亲说：

“你吃饱吧，盆里还有呢！”

母亲拿了一个带着缺口的蓝花碗，放在灶边上，一只手按住左腿的膝盖，一只手拿了那已经用了好几年的掉了尾巴的木瓢儿为她自己装了一碗。她的腿拐拉拐拉地向床边走，那手上的麦粑汤顺着蓝花碗的缺口往下滴溜着。她刚一挨到炕沿，就告诉林姑娘：

“昨天儿王丫头，一个下半天儿就割了陇多（那样多）柴，那山上不晓得好多呀！等一下吃了饭啦，你也背着背兜去喊王丫头一道……”

她们的烧柴，就烧山上的野草，买起来一吊钱二十五把，一个月烧两角钱的柴，可是两角钱也不能烧，都是林姑娘到山上去自己采，母亲把它在门前晒干，打好了把子藏在屋里。她们住的是一个没有窗子，下雨天就滴水的六尺宽一丈长的黑屋子。三块钱一年的房租，沿着壁根有一串串的老鼠的洞，地土是黑粘的，房顶露着蓝天不知多少处。从亲戚那里借来一个大碗橱，这只碗橱老得不堪再老了，横格子、竖架子通通掉落了，但是过去这碗橱一看就是个很结实的。现在只在柜的底层摆着一个盛水盆子，林姑娘的母亲连水缸也没有买，水盆上也没有盖儿，任意着虫子或是蜘蛛在上边乱爬，想用水时必得先用指甲把浮在水上淹死的小虫挑出去。

当邻居说布匹贵得怎样厉害，买不得了，林姑娘的母亲也说，她就因为盐巴贵，也没有买盐巴。

但这都是十天以前的事了，现在林姑娘晚饭和中饭，都吃的是白米饭，肉丝炒杂菜，鸡丝豌豆汤，虽然还有几样不认识的，但那滋味是特别香。已经有好几天了，那跌脚的母亲也没有在灶口烧一根柴火了，自己什么也没浪费过，完全是现成的。这是多么幸福的生活，林姑娘和母亲不但没有吃过这样的饭，就连见也不常见过。不但林姑娘和母亲是这样，就连邻居们也没看见过这样经常吃着的繁华的饭。所以都非常惊奇。

刘二妹一早起来，毛着头就跑过来问长问短，刘二妹的母亲拿起饭勺子来就在林姑娘刚刚端过来的稀饭上搅了两下，好像要查看一下林姑娘吃的稀饭是不是那米里还夹着沙子似的。午饭王丫头的祖母也过来了，林姑娘的母亲很客气地让着他们，请他们吃点，反正娘儿两个也吃不了的。说着她就把菜碗倒出来一个，就用碗插进饭盆装了一碗饭来，就往王太婆的怀里推。王太婆起初还不肯吃，过了半天才把碗接过来，她点着头，她又摇着头。她老得连眼眉都白了。她说：“要得么！”

王丫头也在林姑娘这边吃过饭。有的时候，饭剩下来，林姑娘就端着饭送给王丫头去。中饭吃不完，晚饭又来了，晚饭剩了一大碗在那里，早饭又来了。这些饭，过夜就酸了，虽然酸了，开初几天，母亲还是可惜，也就把酸饭吃下去了。林姑娘和她的母亲都是不常见到米粒的，大半的日子，都是吃麦粑。

林姑娘到河边也不是从前那样悠闲的样子了，她慌慌张张的，脚步走得比从前快，水桶时时有水翻撒出来。王丫头在半路上喊她，她简直不愿意搭理她了。王丫头在门口买了两个小鸭，她喊着让林姑娘来看，林姑娘也没有来。林姑娘并不是帮了下江人就傲慢了，谁也不理了。其实她觉得她自己实在是忙得很。本来那下江人并没有许多事情好作，只是扫一扫地，偶尔让她到东阳镇上去买一点如火柴、灯油之类，再就是每天到那小镇上去取三次饭。因为是在饭馆里边包的伙食。再就是把要洗的衣裳拿给她奶妈洗了再送回来，再就是把余下的饭端到家里去。

但是过了两个钟头，她就自动地来问问：

“有事没有？没有事我回去啦。”

这生活虽然是幸福的，刚一开初还觉得不十分固定，好像不这么生活，仍回到原来的生活也是一样的。母亲一天到晚连一根柴也不烧，还觉得没有依靠，总觉得有些寂寞，到晚上她总是拢起火来，烧一点开水，一方面也让林姑娘洗一洗脚，一方面也留下一点开水来喝，有的时候，她竟多余的把端回来的饭菜又都重热一遍，夏天为什么必得吃滚热的饭呢？就是因为生活忽然想也想不到的就单纯起来，使她反而起了一种没有依靠的感觉。

这生活一直过了半个月，林姑娘的母亲才算熟悉下来。

可是在林姑娘，这时候，已经开始有点骄傲了。她在一群小同伴之中，只有她一个月可以拿到四块钱。连母亲也是吃她的饭。而那一群孩子，飞三小，李二牛，刘二妹……还不仍旧去到山上打柴去，就连那王丫头，已经十五岁了，也不过只给下江人洗一洗衣裳，一个月还不到一块钱。还没有饭吃。

因此林姑娘受了大家的忌妒了。

她发了疟疾不能下河去担水，想找王丫头替她担一担。王丫头却坚决地站在房檐底下，鼓着嘴无论如何她不肯。

王丫头白眼眉的祖母，从房檐头取下晒衣服的杆子来吓着要打她。可是到底她不担，她扯起衣襟来，抬起她的大脚就跑了。那白头发的老太婆急得不得了，回到屋里跟她的儿媳妇说：

“陇格多的饭，你没吃到！二天林婆婆送过饭来，你不张嘴吃吗？”

王丫头顺着包谷林跑下去了，一边跑着还一边回头张着嘴大笑。

林姑娘睡在帐子里边，正是冷得发抖，牙齿碰着牙齿，她喊她的奶妈，奶妈没有听到，只看着那连跑带笑的王丫头，她感到点羞，于是也就按着那拐腿的膝盖，走回屋来了。

林姑娘这一病，病了五六天。她自己躺在床上十分上火。

她的妈妈东家去找药，西家去问药方。她的热度一来时，她就在床上翻滚着，她几乎是发昏了。但奶妈一从外边回来，她第一声告诉她奶妈的就是：

“奶妈，你到先生家里去看看……是不是喊我？”

奶妈坐在她旁边，拿起她的手来。

“林姑娘，陇格热哟，你喝口水，把这药吃到，吃到就好啦！”

林姑娘把药碗推开了。母亲又端到她嘴上，她就把药推洒了。

“奶妈，你去看看先生来，先生喊我不喊我。”

林姑娘比母亲更像个大人了。

而母亲只有这一次对于疟疾非常忌恨，从前她总是说，打摆子，哪个娃儿不打摆子呢？这不算好大事。所以林姑娘一发热冷，母亲就说，打摆子是这样的，说完了她再不说别的了。并不说这孩子多么可怜哪，或是体贴的在她旁边多坐一会。冷和热都是当然的。林姑娘有时一边喊着奶妈一边哭。母亲听了也并不十分感动。她觉得奶妈有什么办法呢？但是这一次病，与以前许多次，或是几十次都不同了。母亲忌恨这疟疾比忌恨别的一切的病都甚，她有一个观念，她觉得非把这顽强东西给扫除不可，怎样能呢，一点点年纪就发这个病，可得发到什么时候为止呢？发了这病人是多么受罪呵！这样折磨使娃儿多么可怜。

小唇儿烧得发黑，两个眼睛烧得通红，小手滚烫滚烫的。

母亲试想用她的两臂救助这可怜的娃儿，她东边去找药，西边去找偏方。她流着汗。她的腿开初感到沉重，到后来就痛起来了，并且在膝盖那早年跌转了筋的地方，又开始发炎，这腿三十年来就总是这样，一累了就发炎的，一发炎就用红花之类混着白酒涂在腿上，可是这次，她不去涂它。

她把女儿的价值抬高了，高到高过了一切，只不过下意识地把自己的腿不当做怎样值钱了。无形中母亲把林姑娘看成是最优秀的孩子了，是最不可损害的了。所以当她到别人家去讨药时，人家若一问她谁吃呢？她就站在人家的门口，她开始详细地解说。是她的娃儿害了病，打摆子，打得多可怜，嘴都烧黑了呢，眼睛都烧红了呢！

她一点也不提是因为她女儿给下江人帮了工，怕是生病人家辞退了她。但在她的梦中，她梦到过两次，都是那下江人辞了她的女儿了。

母亲早晨一醒来，更着急了，于是又出去找药，又要随时到那下江人的门口去看。

那糊着白纱的窗子，从外边往里看，是什么也看不见，她想要敲一敲门，不知为什么又不敢动手，想要喊一声，又怕惊动了人家，于是她把眼睛触到那纱窗上，她企图从那细密的纱缝中间看到里边的人是睡了还是醒着，若是醒着，她就敲门进去，若睡着，好转身回来。

她把两只手按着窗纱，眼睛黑洞洞的塞在手掌中间，她还没能看到里边，可是里边先看到她了，里边立刻喊着：

“干什么的，去……”

这突然的袭来，把她吓得一闪就闪开了。

主人一看还是她，问她：

“林姑娘好了没有……”

听到这里她知道这算完了，一定要辞她的女儿了。她没有细听下去，她就赶忙说：

“是……是陇格的，……好了点啦，先生们要喊她，下半天就来啦……”

过了一会她才明白了，先生说的是若没有好，想要向××学校的医药处去弄两粒金鸡纳霜来。

于是她开颜地笑了：

“还不好，人烧得滚烫。那个金鸡纳霜，前次去找了两颗，吃到就断到啦。先生去找，谢谢先生。”

她临去时还说，人还不好，人还不好的……

等走在小薄荷田里，她才后悔方才不该把病得那样厉害也说出来。可是不说又怕先生不给找那个金鸡纳霜来。她烦恼了一阵，又一想，说了也就算了。

她一抬头，看见了王丫头飞着大脚从屋里跑出来，那粗壮的手臂腿子，她看了十分羡慕，林姑娘若也像王丫头似的，就这么说吧，王丫头就是自己的女儿吧……那么一个月四块，说不定五六块洋钱好赚到手哩。……

王丫头在她感觉上起了一种亲切的情绪，真像看到了自己的女儿似的，她想喊她一声。

但前天求她担水她不担那带着侮辱的狂笑，她立刻记起了。

于是她没有喊她。就在薄荷田中，她拐拉拐拉地向她自己的房子走去了。

林姑娘病了十天就好了，这次发疟疾给她的焦急超过所有她生病的苦楚。但一好了，那特有的，新鲜的感觉也是每次生病所领料不到的，她看到什么都是新鲜的。竹林里的竹子，山上的野草，还有包谷林里那刚刚冒缨的包谷，那缨穗有的淡黄色，有的微红，一大座粗亮的丝线似的，一个个的独立的卷卷着。林姑娘用手指尖去摸一摸它，用嘴向着它吹一口气，她看见了她的小朋友，她就甜蜜蜜的微笑，好像她心里头有不知多少的快乐，这快乐是秘密的，并不说出来，只有在嘴角的微笑里可以体会得到。她觉得走起路来，连自己的腿也有无限的轻捷，她的女主人给她买了一个大草帽，还说过二天买一件麻布衣料给她。

她天天来回地跑着，从她家到她主人的家，只半里路的一半那么远。这距离的中间种着薄荷田，在她跑来跑去时，她无意地用脚尖去踢着薄荷叶，偶尔也弯下腰来，扯下一枚薄荷叶咬在嘴里。薄荷的气味，小孩子是不大喜欢的，她赶快吐了出来。可是风一吹，嘴里仍旧冒着凉风。她的小朋友们开初对她都怀着敌意。到后来看看她是不可动摇的了，于是也就上赶着和她谈话。说那下江人，就是林姑娘的主人穿的是什么花条子衣服。那衣服林姑娘也没有见过，也叫不上名来。那是什么料子？也不是绸子的，也不是缎子的，当然一定也不是布的。

她们谈着谈着没有结果地纷争了起来。最后还是别个让了林姑娘，别人一声不响的让林姑娘自己说。

开初那王丫头每天早晨和林姑娘吵架，天刚一亮，林姑娘从先生那里扫地回来，她们两个就在门前连吵带骂的，结果大半都是林姑娘哭着跑进屋去。而现在这不同了，王丫头走到那下江人门口，正碰到林姑娘在那里洗着那么白白的茶杯。她就问她：

“林姑娘，你的……你先生买给你的草帽怎么不戴起？”

林姑娘说：

“我不戴，我留着赶场戴。”

王丫头一看她脚上穿的新草鞋，她又问她：

“新草鞋，也是你先生买给你的吗？”

“不是，”林姑娘鼓着嘴，全然否认的样子，“不是，是先生给钱我自己去买的。”

林姑娘一边说着还一边得意地歪着嘴。

王丫头寂寞的绕了一个圈就走开了。

别的孩子也常常跟在后边了，有时竟帮起她的忙来，帮她下河去抬水，抬回来还帮她把主人的水缸洗得干干净净的，但林姑娘有时还多少加一点批判，她说：

“这样怎可以呢？也不揩净，这沙泥多脏。”她拿起揩布来，自己亲手把缸底揩了一遍。

林姑娘会讲下江话了，东西打“乱”了，她随着下江人说打“破”了。她母亲给她梳头时，拉着她的小辫发就说：

“林姑娘，有多乖，她懂得陇多下江话哩。”

邻居对她，也都慢慢尊敬起来了，把她看成所有孩子中的模范。

她母亲也不像从前那样随时随地喊她做这样做那样，母亲喊她担水来洗衣裳，她说：

“我没得空，等一下下吧。”

她看看她先生家没有灯碗，她就把灯碗答应送给她先生了，没有通过她母亲。

俨俨乎她家里，她就是小主人了。

母亲坐在那里不用动，就可以吃三餐饭。她去赶场，很多东西从前没有留心过，而现在都看在眼睛里了，同时也问了问价目。

下个月林姑娘的四块工钱，一定要给她做一件白短衫，林姑娘好几年就没有做一件衣裳了。

她一打听，实在贵，去年六分钱一尺的布，一张嘴就要一角七分。

她又问一下那大红的头绳好多钱一尺。

林姑娘的头绳也实在旧了。但听那价钱，也没有买。她想下个月就都一齐买算了。

四块洋钱，给林姑娘花一块洋钱买东西，还剩三块呢。

那一天她赶场，虽然觉着没有花钱，也已经花了两三角，她买了点敬神的香纸，她说她好几年都因为手里紧没有买香敬神了。

到家里，艾婆婆，王婆婆都走过来看的。并且说她的姑儿会赚钱了，做奶妈的该享福了。

林姑娘的母亲还好像害羞了似的，其实她受人家的赞美，心里边感到十分慰安哩！

总之林姑娘的家常生活，没有几天就都变了，在邻居们之中，她高贵了不知多少倍。洗衣裳不用皂荚了，就拿先生们洗衣裳的白洋碱来洗了。桃子或是玉米时常吃着，都是先生给她的。皮蛋、咸鸭蛋、花生米每天早晨吃稀饭时都有，中饭和晚饭有时那菜连动也没有动过，就整碗的端过来了。方块肉，炸排骨，肉丝炒杂菜，肉片炒木耳，鸡块山芋汤。这些东西经常吃了起来。而且饭一剩得少，先生们就给她钱，让她去买东西去吃。

这钱算起来，不到几天也有半块多了。赶场她母亲花了两三角，就是这个钱。

还没等到第二次赶场，人家就把林姑娘的工钱减了。这个母亲和她都想也想不到。

那下江人家里，不到饭馆去包饭了，自己在家请了个厨子，因为用不到林姑娘到镇上去取饭，就把她的工钱从四元减到二元。

林婆婆一回到家里，艾婆婆、王婆婆、刘婆婆，都说这怎么可以呢？下江人都非常老实的，从下边来的，都是带着钱来的，逃难来，没有钱行吗？不多要两块，不是傻子吗。看人家吃的是什么，穿的是什么。每天大洋钱就和纸片似的往外飘。她们告诉林婆婆为什么眼看着四块钱跑了呢？这可是混乱的年头，千载也遇不到的机会，就是要他五块，他不也得给吗？不看他刚搬来那两天没有水吃，五分钱一担，王丫头不担，八分钱还不担，非要一角钱不可，他没有法子，也就得给一角钱。下江人，他逃难到这里，他啥钱不得花呢。

林姑娘才十一岁的娃儿，会做啥事情，她还能赚到两块钱。若不是这混乱的年头，还不是在家里天天吃她奶妈的饭吗？城里大轰炸，日本飞机天天来，就是官厅不也发下告示来说疏散人口。城里只准搬出不准搬入。

王婆婆指点着一个从前边过去的滑竿（轿子）：

“你不看到吗？林婆婆，那不是下江人戴着眼镜抬着东西不断地往东阳镇搬吗，下江人穿的衣裳，多白，多干净……多用几个洋钱算个什么。”

蜕着说着，嘉陵江里那花花绿绿的汽船也来了，小汽船那么饱满，几乎喘不出气来，在江心啌啌啌啌的响，而不见向前走。载的东西太多，歪斜的挣扎的，因此那声音特别大，很像发了警报之后日本飞机在头上飞似的。

王丫头喊林姑娘去看洋船，林姑娘听了给她减了工钱心里不乐，哪里肯去。

王丫头拉起刘二妹就跑了。王婆婆也拿着她的大芭蕉扇一扑一扑的一边跟艾婆婆交谈些什么喂鸡喂鸭的几句家常事也就走进屋去了。

只有林姑娘和她的奶妈仍坐在石头上，坐了半天工夫，林姑娘才跑进去拿了一穗包谷啃着，她问奶妈吃不吃。

奶妈本想也吃一穗。立刻心里一搅划，也就不吃了。她想：是不是要向那下江人去说，非四块钱不可。

林姑娘的母亲是个很老实的乡下人，经艾婆婆和王婆婆的劝诱，她觉得也有点道理。四块钱一个月到冬天还好给林姑娘做起大棉袍来，棉花一块钱一斤，一斤棉花，做一个厚点的。丈二青蓝布，一尺一角四，丈二是好多钱哩……她自己算了一会可没有算明白。但她只觉得棉花这一打仗，穷人就买不起了，前年棉花是两角五，去年夏天是六角，冬天是九角，腊月天就涨到一块一。今年若买，就早点买，夏天买棉花便宜些……

林姑娘把包谷在尖尖上折了一段递在母亲手里，母亲还吓了一跳。因为她正想这事情到底怎么解决呢？若林姑娘的爸爸在家，也好出个主意。所以那包谷咬在嘴里并不知道是什么味道就下去了。

母亲的心绪很烦乱，想要洗衣裳，懒得动，想把那件破夹袄拿来缝一缝，又懒得动……吃完了包谷，把包谷棒子远远地抛出去之后，还在石头上呆坐了半天，才叫林姑娘把她的针线给拿过来。可是对着针线懒洋洋的，十分不想动手。她呆呆地往远处看着，不知看的什么，林姑娘说："奶妈你不洗衣裳吗？我去担水。"

奶妈点一点头，说："是那个样的。"

林姑娘的小水桶穿过了包谷林下河去了，母亲还呆呆地在那里想。不一会那小水桶就回来了，远看那小水桶好像两个小圆胖胖的小鼓似的。

母亲还是坐在石头上想得发呆。

就是这一夜，母亲一夜没有睡觉，第二天早晨一起来，两个眼眶子就发黑了。她想两块钱就两块钱吧。一个小女儿又不会什么事情，娘儿两个吃人家的饭，若不是先生们好，怎能洗洗衣裳就白白的给两个人白饭吃吃呢，两块钱还不是白得的吗？还去要什么钱。

林婆婆是乡下老实人，她觉得她难以开口了；她自己果断地想把这事情放下去。她拿起瓦盆来，倒一点水自己洗洗脸。洗了脸之后，她想紧接着就要洗衣裳，强烈的生活的欲望和工作的喜悦又在鼓动着她了，于是她一拐一拐的更加严厉的内心批判着昨天想去再要两块钱的不应该。

她把林姑娘唤起来，起来下河去担水。

这女孩正睡得香甜，糊里糊涂地睁开眼睛，用很大的眼珠子看住她的母亲，她说：

“奶妈，先生叫我吗？”

那孩子在梦里觉得有人推她，有人喊她，但她就是醒不来。后来她听先生喊她了，她一翻身起来了。

母亲说：

“先生没喊你。你去担水，担水洗衣裳。”

她担了水来，太阳还出来不很高。这天林姑娘起得又是特别早，邻居们都还一点声音没有的睡着。林姑娘担了第二担水来，王婆婆她们才起来。她们一起来看到林婆婆在那里洗衣裳了，她们就说：

“林婆婆，陇格早洗衣裳，先生们给你好多钱！给八块洋钱吗？”

林婆婆刚刚忘记了这痛苦的思想，又被她们提起了。可不是吗？

林姑娘担水又回来了，那孩子的小肩膀也露在外边，多丑，女娃不比男娃，一天比一天大，大姑娘哩，十一岁也不小了，那孩子又长得那么高。林婆婆看到自己的孩子，那衣服破得连肩膀都遮不住了，于是她又想到那四块钱，四块钱也不多吗，几块钱在下江人算个什么。为什么不去说一下呢？她又取了很多事实证明下江人是很容易欺侮的，她一定会成功的。

比方让王丫头担水那件事吧，本来一担水是三分钱，给她五分钱，她不担，就给她八分钱，并且问她商量着：“八分钱你担不担呢？”她说她不担，到底给她一角钱的。

哪能看到钱不要呢，那不是傻子吗？

林姑娘帮着她奶妈把衣裳晒起，就跑到先生那边去，去了就回来了。先生给她一件白麻布的长衫，让她剪短了来穿。母亲一看了心想，下江人真是拿东西不当东西，拿钱不当钱。

这衣裳给她增加了不少的勇气，她把自己坚定起来了，心里非常平静，对于这件事情，连想也不用再想了，就是那么办，还有什么好想的呢？吃了中饭就去见先生。

女儿拿回来的那白麻布长衫，她没有仔细看，顺手就压在床角落里了。等一下就去见先生吧，还有什么呢？

午饭之后，她竟站在先生的门口了，门是开着的，向前边的小花园开着的。

不管这来的一路上心绪是多么翻搅，多么热血向上边冲，多么心跳，还好像害羞似的，耳脸都一齐发烧。怎么开口呢？开口说什么呢？不是连第一个字先说什么都想好吗？怎

么都忘了呢?

她越走越近，越近越心跳，心跳把眼睛也跳花了，什么薄荷田，什么豆田，都看不清楚了，只是绿茸茸的一片。

但不管在路上是怎样的昏乱，等她一站在先生门口，她完全清醒了，心里开始感到过分的平静，一刻时间以前那旋转转的一切退去了，烟消火灭了，她把握住她自己了，得到了感情自主那夸耀的心情，使她坦荡荡的，大大方方的变成一个很安定的，内心十分平静的，理直气壮的人，居然这样的平坦，连她自己也想象不到。

她打算开口说了，在开口之前，她把身子先靠住了门框。

“先生，我的腿不好，要找药来吃，没得钱，问先生借两块钱。”

她是这样转弯抹角的把话开了头，说完了这话，她就等着先生拿钱给她。

两块钱拿到手了，她翻动着手上的一张蓝色花的票子，一张红色花的票子。她的内心仍旧是照样的平静，没有忧虑，没有恐惧。折磨了她一天一夜的那强烈的要求，成功或者失败，全然不关重要似的。她把她仍旧要四块一个月的工钱那话说出来了。她还是拿她的腿来开头，她说她的腿不大好，因为日本飞机来轰炸城里，下江人都到乡下来了，她租的房子，房租也抬高了。从前是三块钱一年，现在一个月就要五角钱了。

她说了这番话，当时先生就给她添了五角算做替她出了房钱。

但是她站在门口，她胜利的还不走，她又说林姑娘一点点年纪，下河去担水洗衣裳好不容易……若是给别人担，一担水要好多钱哩……她说着还表示出委屈和冤枉的神气，故意把尾音拉长，慢吞吞的非常沉着的在讲着，她那善良的厚嘴唇，故意拉得往下突出着，眼睛还把白眼珠向旁边一抹一抹地看着，黑眼珠向旁边一滚，白眼珠露出来那么一大半。

先生说：

“你十一岁的小女孩能做什么呢，擦张桌都不会。一个月连房钱两块半，还给你们两个人的饭吃，你想想两个人的饭钱要几块？一个月你算算你给我做些个什么事情？两块半钱行了吧。……”

她听了这话，她觉得这是向她商量，为什么不吓吓他一下，说帮不来呢？她想着想着就照样说出来了。

“两块半钱帮不来的。”

她说完了看一看下江人并不十分坚决，只是说：

“两块半钱不少了，帮得来了。林姑娘帮我们正好是半个月，这半个月的两块钱你已拿去，下半个月再来拿两块。因为我和你讲的是四块，这个月就照四块给你。下月就是两块半了。”

林婆婆站在那里仍是不走，她想王丫头担水，三分不担，问她五分钱担不担，五分钱不担，问她八分钱她担不担，到底是一角钱担的。

她一定不放过去，两块钱不做，两块半钱还不做，就是四块钱才做。

所以她扯长串的慢慢吞吞地从她的腿说起，一直说到照灯的油也贵了，咸盐也贵了，连针带线都贵了。

下江人站起来截住了她：

“不用多说了，两块半钱，你想想，你帮来帮不来。”

“帮不来。”连想也没有想，她是早决心这样说的。

说时她把手上的钞票举得很高的，像是连这钱都不要了，她表示着很坚决的样子。

怎么能够想到呢，那下江人站起来，就说：

“帮不来算啦，晚饭就不要林姑娘来拿饭你们吃了。也不要林姑娘到这边来。半个月的钱我已给你啦。”

所以过了一刻钟之后，林婆婆仍旧站在那门口，她说：

“哪个说帮不来的，帮得来的……先生……”

但是那一点用处也没有了，人家连听也不听了。人家关了门，把她关在门外边。

龙头花和石竹子在正午的时候，各自单独的向着火似的太阳开着，蝴蝶煽煽地飞来，在那红色的花上，在那水黄色的花上，在那水红色的花上，从龙头花群飞到石竹子花群，来回地飞着。

石竹子无管是红的是粉的，每一朵上都镶着带有锯齿的白边。晚香玉连一朵也没有开，但都打了苞了。

林姑娘的母亲背转过身来，左手支着自己的膝盖，右手捏着两块钱的纸票。她的脖子如同绛色的猪肝似的，从领口一直红到耳根。

她打算回家了。她一迈步才知道全身一点力量也没有了，就像要瘫倒的房架子似的，松了，散了。她的每个骨节都像失去了筋的联系，很危险的就要倒了下来。但是她没有倒，她相反的想要迈出两个大步去，她恨不能够一步迈到家里，她想要休息，她口渴，她要喝水，她疲乏到极点，好像二三十年的劳苦在这一天才吃不消了，才抵抗不住了。但她并不是单纯的疲劳，她心里羞愧。懊悔打算谋杀了她似的捉住了她，羞愧有意煎熬到她无处可以立足的地步。她自己做了什么大的错事，她自己一点也不知道。但那么深刻的损害着她的信心，这是一点也不可以消磨的，一些些也不会冲淡的。永久存在的，永久不会忘却的。

羞辱是多么难忍的一种感情，但是已经占有了她了，它就不会退去了。

在混扰之中，她重新用左手按住了膝盖，她打算走回家去。

回到家里，女孩正在那儿洗着那用来每日到先生家去拿饭的那个瓢儿。她告诉林姑娘，消夜饭不能到先生家去拿了，她说：

“林姑娘，不要到先生家拿饭了，你上山去打柴吧。”

林姑娘听了觉得很奇怪，她正想要回问，奶妈先说了：

“先生不用你帮他……”

林姑娘听了就傻了，一动不动地站在那里翻着眼睛。手里洗湿的瓢儿，溜明的闪光地抱在胸前。

母亲给她背好了背篼，还嘱咐她要拾干草，绿的草一时点不燃的。

立时晚饭就没有烧的，也没有吃的。

林婆婆靠着门框，看着走去的女儿。她想晚饭吃什么呢？麦子在泥罐子里虽然有些，但因为不吃，也就没有想把它磨成粉，白米是一粒也没有的。就吃老玉米吧。艾婆婆种着不少玉米，拿着几百钱去攀几棵去吧。但是钱怎么可以用呢？从今后有去路没来路了。

她看了自己女儿一眼，那背上的背篼儿还是先生给买的，应该送还回去才对。

女儿走得没有影子了，她也就回到屋里来。她看一看锅儿，上面满都是锈；她翻了翻那柴堆上，还剩几棵草刺。偏偏那柴堆底下也生了毛虫，还把她吓了一下。她想她平生没有这么胆小过，于是她又理智的翻了两下，下面竟有一条蚯蚓，距距练练的在动。她平常本来不怕这个，可以用手拿，还可以用手把它撕成几段。她小的时候帮着她父亲在河上钓鱼尽是这样做，但今天她也并不是害怕它，她是讨厌它，这什么东西，无头无尾的，难看得很，她抬起脚来去踏它，踏了好几下没有踏到，原来她用的是那只残废的左脚，那脚游游动动的不听她使用，等她一回身打开了那盛麦子的泥罐子，那可真的把她吓着了，罐子盖从手上掉下去了。她瞪了眼睛，她张了嘴，这是什么呢？满罐长出来青青的长草，这罐子究竟是装的什么把她吓忘了。她感到这是很不祥，家屋又不是坟墓，怎么会长半尺多高的草呢！

她忍着，她极端憎恶地把那罐子抱到门外。因为是刚刚偏午，大家正睡午觉，所以没有人看到她的麦芽子。

她把麦芽子扭断了，还用一根竹棍向里边挖掘才把罐子里的东西挖出来，没有生芽子的没有多少了，只有罐子底上两寸多厚是一层整粒的麦子。

罐子的东西一倒出来，满地爬着小虫，围绕着她四下窜起。她用手指抿着，她用那只还可以用的脚踩着，平时，她并不伤害这类的小虫，她对于小虫也像对于一个小生命似的，让它们各自的活着。可是今天她用着不可压抑的憎恶，敌视了它们。

她把那个并排摆在灶边的从前有一个时期曾经盛过米的空罐子，也用怀疑的眼光打开来看，那里边积了一罐子底水。她扬起头来看一看房顶，就在头上有一块亮洞洞的白缝。这她才想起是下雨房子漏了。

把她的麦子给发了芽了。

恰巧在木盖边上被耗子啮了一寸大的豁牙。水是从木盖漏进去的。

她去刷锅，锅边上的红锈有马莲叶子那么厚。

她才知道，这半个月来是什么都荒废了。

这时林姑娘正在山坡上，背脊的汗一边湿着一边就干了。她丢开了那小竹耙，她用手像梳子似的梳着那干草，因为干了的草都挂在绿草上。

她对于工作永远那么热情，永远没有厌倦。她从七岁时开始担水，打柴，给哥哥送饭。哥哥和父亲一样的是一个窑工。哥哥烧砖的窑离她家三里远，也是挨着嘉陵江边。晚上送了饭，回来天总是黑了的，一个人顺着江边走时，就总听到江水格棱格棱的向下流，若是跟着别的窑工，就是哥哥的朋友一道回来，路上会听到他们讲的各种故事，所以林姑娘若和大人谈起来，什么她都懂得。关于娃儿们的，关于婆婆的，关于蛇或蚯蚓的，从大肚子的青蛙，她能够讲到和针孔一样小的麦蚊。还有野草和山上长的果子，她也都认得。她把金边兰叫成菖蒲，她天真地用那小黑手摸着下江人种在花盆里的一棵鸡冠花，她喊着："这大线菜，多乖呀……"她的认识有许多错误，但正因为这样，她才是孩子。关于嘉陵江的涨水，她有不少的神话。关于父亲和哥哥那等窑工们，她知道得别人不能比她再多了。从七岁到十岁这中间，每天到哥哥那窑上去送三次饭。她对于那小砖窑很熟悉得老远的她一看到那窑口上升起了蓝烟，她就感到亲切，多少有点像走到家里那种温暖的滋味。天黑了，她单个人沿着那格棱格棱的江水，把脚踏进沙窝里去，一步步的拔着回来。

林姑娘对于生活没有不满意过，对于工作没有怨言，对于母亲是听从的。她赤着两只小脚，梳了一个一尺多长的辫子，走起路来很规矩，说起话来慢吞吞，她的笑总是甜蜜蜜的。

她在山坡上一边抓草，一边还嘟嘟的唱了些什么。

嘉陵江的汽船来了，林姑娘一听了那汽船的哨子，她站起来了，背上背筐就往山下跑。这正是到先生家拿钱到东阳镇买鸡蛋做点心的时候。因为汽船一叫，她就到那边去，已经成为习惯了。她下山下得那么快，几乎是往下滑着。已经快滑到平地，她想起来了，她不能再到先生那里去了。她站在山坡上，她满脸发烧，她想回头来再上山去采柴时，她看着那高坡觉得可怕起来，她觉得自己是上不去了，她累了。一点力量没有了。那高坡就是上也上不去了。她在半山腰又采了一阵。若没有这柴，奶奶用什么烧麦粑，没有麦粑，晚饭吃什么，她心里一急，她觉得眼前一迷花，口一渴。

打摆子不是吗？

于是她更紧急地扒着，无管干的或不干的草。她想这怎么可以呢？用什么来烧麦粑？不是奶奶让我来打柴吗？她只恍恍惚惚的记住这回事，其余的就连自己是在什么地方也不晓得了。奶妈是在哪里，她自己的家是在哪里，她都不晓得了。

她在山坡上倒下来了。

林姑娘这一病病了一个来月。

病后她完全像个大姑娘了。担着担子下河去担水，寂寞的走了一路。寂寞的去，寂寞的来。低了头，眼睛只是看着脚尖走。河边上的那些沙子石头，她连一眼也不睬。那大石板的石窝落了水之后，生了小鱼没有，这个她更没有注意。虽然是来到了六月天，早起仍是清凉的，但她不爱这个了。似乎颜色，声音，都得不到她的喜欢。大洋船来时，她再不像从前那样到江边上去看了。从前一看洋船来连喊带叫的那记忆，若一记起，就有羞耻的情绪向她袭来，若小同伴们喊她，她用了深宏的海水似的眼光向她们摇头。上山打柴时，她改变了从前的习惯，她喜欢一个人去。奶妈怕山上有狼，让她多约几个同伴，她觉得狼怕什么，狼又有什么可怕。这性情连奶妈也觉得女儿变大了。

奶妈答应给她做的白短衫，为着安慰她生病，虽然是下江人辞了她，但也给她做起了。问她穿不穿，她说："穿它做啥子哟，上山去打柴。"

红头绳也给她买了，她也说她先不缚起。

有一天大家正在乘凉，王丫头傻里傻气地跑来了，一边跑，一边喊着林姑娘。王丫头手里拿着一朵大花。她是来喊林姑娘去看花的。

走在半路上，林姑娘觉得有点不对，先生那里从辞了她连那门口都不经过，她绕着弯走过去，问王丫头在哪里那花。王丫头说：

“你没看见吗？不就是那下江人，你先生那里吗？”

林姑娘转回身来就回头走，她脸色苍白的，凄清的，郁郁不乐的在她奶奶的旁边沉默地坐到半夜。

林姑娘变成小大人了，邻居们和她的奶奶都说她。

二八年七月二十日

后花园

后花园五月里就开花的，六月里就结果子，黄瓜、茄子、玉蜀黍、大芸豆、冬瓜、西瓜、西红柿，还有爬着蔓子的矮瓜，这矮瓜秧往往会爬到墙头上去，而后从墙头它出去了，出到院子外边去了，就向着大街，这矮瓜蔓上开了一朵大黄花。

正临着这热闹闹的后花园，有一座冷清清的黑洞洞的磨房，磨房的后窗子就向着花园。刚巧沿着窗外的一排种的是黄瓜。这黄瓜虽然不是矮瓜，但同样会爬蔓子的，于是就在磨房的窗棂上开了花，而且巧妙的结了果子。

在朝露里那样嫩弱的须蔓的梢头，好像淡绿色的玻璃抽成的，不敢去触，一触非断不可的样子。同时一边结着果，一边攀着窗棂往高处伸张，好像它们彼此学着样，一个跟着一个都爬上窗子来了。到六月窗子就被封满了，而且就在窗

棂上挂着滴滴都都的大黄瓜、小黄瓜、瘦黄瓜、胖黄瓜，还有最小的小黄瓜妞儿，头顶上还正在顶着一朵黄花还没有落呢。

于是随着磨房里打着铜筛罗的震抖，而这些黄瓜也就在窗子上摇摆起来了。铜罗在磨夫的脚下东踏一下它就“咚”，西踏一下它就“咚”。这些黄瓜也就在窗子上滴滴都都地跟着东边“咚”，西边“咚”。

六月里后花园更热闹起来了，蝴蝶飞，蜻蜓飞，螳螂跳，蚂蚱跳。大红的外国柿子都红了，茄子青的青，紫的紫，溜明湛亮，又肥又胖，每一棵茄秧上结着三四个，四五个。玉蜀黍的缨子刚刚才茁芽，就各色不同，好比女人绣花的丝线夹子打开了，红的绿的，深的浅的，干净得过分了，简直不知道它为什么那样干净，不知怎样它才那样干净的，不知怎样才做到那样的，或者说它是刚刚用水洗过，或者说它是用膏油涂过。但是又都不像，那简直是干净得连手都没有上过。

然而这样漂亮的缨子并不发出什么香气，所以蜂子、蝴蝶永久不在它上边搔一搔，或是吮一吮。

却是那些蝴蝶乱纷纷的在那些正开着的花上闹着。

后花园沿着主人住屋的一方面，种着一大片花草。因为这园主并非怎样精细的人，而是一位厚墩墩的老头。所以他的花园多半变成菜园了。其余种花的部分也没有什么好花，比如马蛇菜、爬山虎、胭粉豆、小龙豆……这都是些草本植物，没有什么高贵的。到冬天就都埋在大雪里边，它们就都死去了。春天打扫干净了这个地盘，再重种起来。有的甚或不用下种，它就自己出来了，好比大菽茨，那就是每年也不用种它就自己出来的。

它自己的种子，今年落在地上没有人去拾它，明年它就出来了。明年落了子，又没有人去采它，它就又自己出来了。

这样年年代代，这花园无处不长着大花，墙根上，花架边，人行道的两旁，有的竟长在矮瓜或者黄瓜一块去了。那讨厌的矮瓜的丝蔓竟缠绕在它的身上，缠得多了，把它拉倒了。

可是它就倒在地上仍旧开着花。

铲地的人一遇到它，总是把它拔了，可是越拔它越生得快，那第一班开过的花子落下，落在地上，不久它就生出新的来。所以铲也铲不尽，拔也拔不尽，简直成了一种讨厌的东西了。还有那些被矮瓜缠住了的，若想拔它，把矮瓜也拔掉了。所以只得让它横躺竖卧的在地上也不能不开花。

长得非常之高，五六尺高，和玉蜀黍差不多一般高，比人还高了一点。红辣辣的开满了一片。

人们并不把它当作花看待，要折就折，要断就断，要连根拔也都随便。到这园子里来玩的孩子随便折了一堆去，女人折了插满了一头。

这花园从园主一直到来游园的人，没有一个人是爱护这花的。这些花从来不浇水，任着风吹，任着太阳晒，可是却越开越红，越开越旺盛，把园子煊耀得闪眼，把六月夸奖得和水滚着那么热。

胭粉豆，金荷叶，马蛇菜都开得像火一般。

其中尤其是马蛇菜，红得鲜明晃眼，红得它自己随时要破裂流下红色汁液来。

从磨房看这园子，这园子更不知鲜明了多少倍，简直是金属的了，简直像在火里边烧着那么热烈。

可是磨房里的磨官是寂寞的。

他终天没有朋友来访他，他也不去访别人，他记忆中的那些生活也模糊下去了，新的一样也没有。他三十多岁了，尚未结过婚，可是他的头发白了许多，牙齿脱落了好几个，看起来像是个青年的老头。阴天下雨，他不晓得。春夏秋冬，在他都是一样。和他同院的住些什么人，他不去留心；他的邻居和他住得很久了，他没有记得；住的是什么人，他没有记得。

他什么都忘了，他什么都记不得，因为他觉得没有一件事情是新鲜了的。人间在他是全呆板的了。他只知道他自己是个磨官，磨官就是拉磨，拉磨之外的事情都与他毫无关系。

所以邻家的女儿，他好像没有见过，见过是见过的，因为他没有印象，就像没有见过差不多。

磨房里一匹小驴子围着一盘青白的圆石转着。磨道下面，被驴子经年的踢踏，已经陷下去一圈小洼槽。小驴的眼睛是戴了眼罩的，所以它什么也看不见，只是绕着圈瞎走。嘴也给戴上了笼头，怕它偷吃磨盘上的麦子。

小驴知道，一上了磨道就该开始转了，所以走起来一声不响，两个耳朵尖尖的竖得笔直。

磨官坐在罗架上，身子有点向前探着。他的面前竖了一支木架，架上横着一个用木做成的乐器，那乐器的名字叫“梆子”。

每一个磨官都用一个，也就是每一个磨房都有一个。旧的磨官走了，新的磨官来了仍然打着原来的梆子。梆子渐渐变成个元宝的形状，两端高而中间陷下，所发出来的音响也就不好听了，不响亮，不脆快，而且“踏踏”的沉闷的调子。

冯二成的梆子正是已经旧了的。他自己说：

“这梆子有什么用，打在这梆子上就像打在老牛身上一样。”

他尽管如此说，梆子他仍旧是打的。

磨眼上的麦子没有了，他去添一添。从磨漏下来的麦粉满了一磨盘，他过去扫了扫，小驴的眼罩松了，他替它紧一紧。若是麦粉磨得太多了，应该上风车子了，他就把风车添满，摇着风车的大手轮，吹了起来，把麦皮都从风车的后部吹了出去。那风车是很大的，好像大象那么大。尤其是当那手轮摇起来的时候，呼呼地作响，麦皮混着冷风从洞口喷出来。这风车摇起来是很好看的，同时很好听。可是风车并不常吹，一天或两天才吹一次。

除了这一点点工作，冯二成子多半是站在罗架上，身子向前探着，他的左脚踏一下，右脚踏一下，罗底盖着罗床，那力量是很大的，连地皮都抖动了，和盖新房子时打地基的工夫差不多的，又沉重，又闷气，使人听了要睡觉的样子。

所有磨房里的设备都说过了，只不过还有一件东西没有说，那就是冯二成子的小炕了。那小炕没有什么好记载的。总之这磨房是简单，寂静，呆板。看那小驴竖着两个尖尖的耳朵，好像也不吃草也不喝水，只晓得拉磨的样子。冯二成子一看就看到小驴那两个直竖竖的耳朵，再看就看到墙下跑出的耗子，那滴溜溜亮的眼睛好像两盏小油灯似的。再看也看不见别的，仍旧是小驴的耳朵。

所以他不能不打梆子，从午间打起，一打打个通宵。

花儿和鸟儿睡着了，太阳回去了。大地变得清凉了好些。从后花园透进来的热气，凉爽爽的，风也不吹了，树也不摇了。窗外虫子的鸣叫，远处狗的夜吠，和冯二成子的梆子混在一起，好像三种乐器似的。

磨房的小油灯忽闪闪的燃着（那油灯是在墙壁中间的，好像古墓里边站的长明灯似的），像有风吹着它似的。这磨房只有一扇窗子，还被挂满了黄瓜，把窗子遮得风雨不透。可是从哪里来的风？小驴也在响着鼻子抖擞着毛，好像小驴也着了寒了。

每天是如此：东方快启明的时候，朝露就先下来了，伴随着朝露而来的，是一种阴森森的冷气，这冷气冒着白烟似的沉重重的压到地面上来了。

落到屋瓦上，屋瓦从浅灰变到深灰色，落到茅屋上，那本来是浅黄的草，就变成黄的了。因为露珠把它们打湿了，它们吸收了露珠的缘故。

唯有落到花上，草上，叶子上，那露珠是原形不变，并且由小聚大。大叶子上聚着大露珠，小叶子上聚着小露珠。

玉蜀黍的缨穗挂上了霜似的，毛茸茸的。

矮瓜花的中心抱着一颗大水晶球。

剑形草是又细又长的一种野草，这野草顶不住太大的露珠，所以它的遍身都是一点点的小粒。

等到太阳一出来时，那亮晶晶的后花园无异于昨夜撒了银水了。

冯二成子看一看墙上的灯碗，在灯芯上结了一个红澄澄的大灯花。他又伸手去摸一摸那生长在窗棂上的黄瓜，黄瓜跟水洗的一样。

他知道天快亮了，露水已经下来了。

这时候正是人们睡得正熟的时候，而冯二成子就像更焕发了起来。他的梆子就更响了，他拼命地打，他用了全身的力量，使那梆子响得爆豆似的。不但如此，那磨房唱了起来了，他大声急呼的。好像他是照着民间所流传的，他是招了鬼了。他有意要把远近的人家都惊动起来，他竟乱打起来，他不把梆子打断了，他不甘心停止似的。

有一天下雨了。

雨下得很大，青蛙跳进磨房来好几个，有些蛾子就不断地往小油灯上扑，扑了几下之后，被烧坏了翅膀就掉在油碗里溺死了，而且不久蛾子就把油灯碗给掉满了，所以油灯渐渐的不亮下去，几乎连小驴的耳朵都看不清楚。

冯二成子想要添些灯油，但是灯油在上房里，在主人的屋里。

他推开门一看，雨真是大得不得了，瓢泼的一样，而且上房里也怕是睡下了，灯光不很大，只是影影绰绰的。也许是因为下雨上了风窗的关系，才那样黑混混的。

“十步八步跑过去，拿了灯油就跑回来。”冯二成子想。

但雨也是太大了，衣裳非都湿了不可，湿了衣裳不要紧，湿了鞋子可得什么时候干。

他推开门看了好几次，也都是把门关上了没有跑过去。

可是墙上的灯又一会一会的要灭了，小驴的耳朵简直看不见了。他又打开门向上房看看，上房灭了灯了，院子里什么也看不见，只有隔壁赵老太太那屋还亮通通的。窗里还有格格的笑声。

那笑的是赵老太太的女儿，冯二成子不知为什么心里好不平静，他赶快关了门，赶快去拨灯碗，赶快走到磨架上，开始很慌张地打动着筛罗。可是无论如何那窗里的笑声好像还在那儿笑。

冯二成子打起梆子来，打了不几下，很自然地就会停住，又好像很愿意再听到那笑声似的。

“这可奇怪了，怎么像第一天那边住着人。”他自己想。

第二天早晨雨过天晴了。

冯二成子在院子里晒他的那双湿得透透的鞋子时，偶一抬头见了赵老太太的女儿，跟他站了个对面。

冯二成子从来没和女人接近过，他赶快低下头去。

那邻家女儿是从井边来，提了满满的一桶水，走得非常慢，等她完全走过去了，冯二成子才抬起头来。

她那向日葵花似的大眼睛，似笑非笑的样子，冯二成子一想起来就无缘无故的心跳。

有一天冯二成子用一个大盆在院子里洗他自己的衣裳，洗着洗着一不小心，大盆从木凳滑落而打碎了。

赵老太太也在窗下缝着针线，连忙就喊她的女儿，把自家的大盆搬出来，借给他用。

冯二成子接过那大盆时，他连看都没看赵姑娘一眼，连抬头都没敢抬头，但是赵姑娘的眼睛像向日葵花那么大，在想象之中他比看见来得清晰。于是他的手好像抖着似的把大盆接过来了。他又重新打了点水，没有打很多的，只打了一大盆底。

恍恍忽忽的衣裳也没有洗干净，他就晒起来了。

从那之后，他也并不常见赵姑娘。但他觉得好像天天见面的一样，尤其是到夜深，他常常听到隔壁的笑声。

有一天，他打了一夜梆子。天亮了，他的全身都酸了。他把小驴子解下来，拉到下过朝露的潮湿的院子里，看着那小驴打了几个滚，而后把小驴拴到槽子上去吃草。他也该睡觉的时候了。

他刚躺下就听到隔壁女孩的笑声，他赶快抓住被边把耳朵掩盖起来。

但那笑声仍旧在笑。

他翻了一个身，把背脊向着墙壁，可是仍旧不能睡。

他和那女孩相邻的住了两年多了，好像他听到她的笑还是最近的事情。他自己也奇怪起来。

那边虽是笑声停止了，但是又有别的声音了，刷锅，劈柴烧火的声音，件件样样都听得清清晰晰。而后吃早饭的声音他都感觉得到了。

这一天，他实在睡不着，他躺在那里心中十分悲哀，他把这两年来的生活都回想了一遍……

刚来的那年，母亲来看过他一次。从乡下给他带来一筐子黄米豆包。母亲临走的时候还流了眼泪说：“孩儿，你在外边好好给东家做事，东家错待不了你的……你老娘这两年身子不大硬实。一旦有个一口气不来，只让你哥哥把老娘埋起来就算了事。人死如灯灭，你就是跑到家又能怎样……可千万要听娘的话，人家拉磨，一天拉好多麦子，是一定的，耽误不得，可要记住老娘的话……”

那时冯二成子已经三十六岁了，他仍很小似的，听了那话就哭了。他抬起头看看母亲，母亲确是瘦得厉害，而且也咳嗽得厉害。

“不要这样傻气，你老娘说是这样说，那就真会离开了你们的。你和你哥哥都是三十多岁了，还没成家，你老娘还要看到你们……”

冯二成子想到“成家”两个字，脸红了一阵。

母亲回到乡下去，不久就死了。

他没有照着母亲的话做，他回去了，他和哥哥亲自送的葬。

是八月里辣椒红了的时候。送葬回来，沿路还摘了许多红辣椒炒着吃了。

以后再想一想，就想不起什么来了。拉磨的小驴子仍旧是原来的小驴子。磨房也一点没有改变，风车也是和他刚来时一样，黑洞洞地站在那里，连个方向也没改换。筛罗子一踏起来它就“咚咚”响。他向筛罗子看了一眼，宛如他不踏它，它也在响的样子。

一切都习惯了，一切都照着老样子。他想来想去什么也没有变。什么也没有多，什么也没有少。这两年是怎样生活的呢？他自己也不知道，好像他没有活过的一样。他伸出自己的手来，看看也没有什么变化，捏一捏手指的骨节，骨节也是原来的样子，尖锐而突出。

他又回想到他更远的幼小的时候去，在沙滩上煎着小鱼，在河里脱光了衣裳洗澡。冬天堆了雪人，用绿豆给雪人做了眼睛，用红豆做了嘴唇。下雨的天气，妈妈打来了，就往水洼中跑……妈妈因此而打不着他。

再想又想不起什么来，这时候他昏昏沉沉的要睡了去。

刚要睡着，他又被惊醒了，好几次都是这样，也许是炕下的耗子，也许是院子里什么人说话。

但他每次睁开眼睛，都觉得是邻家女儿惊动了他。他在梦中羞怯怯的红了好几次脸。

从这以后，他早晨睡觉时，他先站在地中心听一听，邻家是否有了声音。若是有了声音，他就到院子里拿着一把马刷子刷那小驴。

但是巧得很，那女孩子一清早就到院子来走动，一会出来拿一捆柴，一会出来泼一瓢水。总之，他与她从这以后，好像天天相见。

这一天八月十五，冯二成子穿了崭新的衣裳，刚刚理过头发回来，上房就嚷着：

“喝酒了，喝酒啦……”

因为过节是和东家同桌吃的饭，什么腊肉，什么松花蛋，样样皆有。其中下酒最好的要算凉拌粉皮，粉皮上外加着一束黄瓜丝，还有辣椒油洒在上面。

冯二成子喝足了酒，退出来了，连饭也没有吃，他打算到磨房去睡一觉，常年也不喝酒，喝了酒头有些昏。他从上房走出来，走到院子里碰到了赵老太太，她手里拿着一包月饼，正要到亲戚家去。她一见了冯二成子，她连忙喊着女儿说：

"你快拿月饼给老冯吃。过节了，在外边的跑腿人，不要客气。"

说完了赵老太太就走了。

冯二成子接过月饼在手里，他看那姑娘满身都穿了新衣裳，脸上涂着胭脂和香粉。因为他怕难为情，他想说一声谢谢也没有说出来，回身就进了磨房。

磨房比平日更冷清了，小驴也没有拉磨，磨盘上供着一块黄色的牌位，上面写着"白虎神之位"，燃了两根红蜡烛，烧着三炷香。

冯二成子迷迷昏昏吃完了月饼，靠着罗架站着，眼睛望着窗外的花园。他一无所思地往外看着，正这时又有了女人的笑声，并且这笑声是熟悉的，但不知这笑声是从哪方面来的，后花园还是隔壁？

他一回身就看见了邻家的女儿站在大开着的门口。

她的嘴是红的，她的眼睛是黑的，她的周身发着光辉，带着吸力。

他怕了，低了头不敢再看。

那姑娘自言自语地说：

“这儿还供着白虎神呢！”

说着她的一个小同伴招呼着她就跑了。

冯二成子几乎要昏倒了，他坚持着自己，他睁大了眼睛，看一看自己的周遭，看一看是否在做梦。

这哪里是在做梦，小驴站在院子里吃草，上房还没有喝完酒的划拳的吵闹声仍还没有完结。他站到磨房外边，向着远处都看了一遍。远处的人家，有的在树林中，有的在白云中露着屋角，而附近的人家，就是同院子住着的也都恬静的在节日里边升腾着一种看不见的欢喜，流荡着一种听不见的笑声。

但冯二成子看着什么都是空虚的。寂寞的秋空的游丝，飞了他满脸，挂住了他的鼻子，绕住了他的头发。他用手把游丝揉擦断了，他还是往前看去。

他的眼睛充满了亮晶晶的眼泪，他的心中起了一阵莫名其妙的悲哀。

他羡慕在他左右跳着的活泼的麻雀，他妒恨房脊上咕咕叫的悠闲的鸽子。

他的感情软弱得像要瘫了的蜡烛似的。他心里想：鸽子你为什么叫？叫得人心慌！你不能不叫吗？游丝你为什么绕了我满脸？你多可恨！

恍恍忽忽他又听到那女孩子的笑声。

而且和闪电一般，那女孩子来到他的面前了，从他面前跑过去了，一转眼跑得无影无踪的。

冯二成子仿佛被卷在旋风里似的，迷迷离离的被卷了半天，而后旋风把他丢弃了。旋风自己跑去了，他仍旧是站在磨房外边。

从这以后，可怜的冯二成子害了相思病，脸色灰白，眼圈发紫，茶也不想吃，饭也咽不下，他一心一意地想着那邻家的姑娘。

读者们，你们读到这里，一定以为那磨房里的磨官必得要和邻家女儿发生一点关系。其实不然的。后来是另外的一位寡妇。

世界上竟有这样谦卑的人，他爱了她，他又怕自己的身份太低，怕毁坏了她。他偷着对她寄托一种心思，好像他在信仰一种宗教一样。邻家女儿根本不晓得有这么一回事。

不久邻家女儿来了说媒的，不久那女儿就出嫁了。

婆家来娶新媳妇的那天，抬着花轿子，打着锣鼓，吹着喇叭，就在磨房的窗外连吹带打的热闹了起来。

冯二成子把头伏在梆子上，他闭了眼睛，他一动也不动。

那边姑娘穿了大红的衣裳，搽了胭脂粉，满手抓着铜钱，被人抱上了轿子。放了一阵爆仗，敲了一阵铜锣，抬起轿子来走了。

走得很远很远了，走出了街去，那打锣声只能啦啦拉听到一点。

冯二成子仍旧没有把头抬起，一直到那轿子走出几里路之外。就连被娶亲惊醒了的狗叫也都平静下去时，他才抬起头来。

那小驴蒙着眼罩静静的一圈一圈的在拉着空磨。

他看一看磨眼上一点麦子也没有了，白花花的麦粉流了满地。

那女儿出嫁以后，冯二成子常常和赵老太太攀谈，有的时候还到老太太的屋里坐一坐。他不知为什么总把那老太太当作一位近亲来看待，早晚相见时，总是彼此笑笑。

这样也就算了，他觉得那女儿出嫁了反而随便了些。

可是这样过了没多久，赵老太太也要搬家了，搬到女儿家去。

冯二成子帮着去收拾东西。在他收拾着东西时，他看见针线篓里有一个细小的白骨顶针，他想：这可不是她的？那姑娘又活跃跃的来在他的眼前。他看见了好几样东西，都是那姑娘的。刺花的围裙卷放在小柜门里，一团扎过了的红头绳子，洗得干干净净的用一块纸包着。他在许多乱东西里拾到这纸包，他打开一看，他问赵老太太，这头绳要放在哪里，老太太说：

“放在小梳头匣子里吧，我好给她带去。”

冯二成子打开了小梳头匣，他看见几根扣发针和一个假烧蓝翠的戒指仍放在里边。他嗅到一种梳头油的香气。他想这一定是那姑娘的，他把梳头匣关了。

他帮着老太太把东西收拾好，装上了车，还牵着拉车的大黑骡子上前去送了一程。

送到郊外，迎面的菜花都开了，满野飘着香气。老太太催他回来，他说他再送一程。他好像对着旷野要高歌的样子，他的胸怀像飞鸟似的张着，他面向着前面，放着大步，好像他一去就不回来的样子。

可是冯二成子回来的时候，太阳还正晌午。虽然是秋天了，没有夏天那么鲜艳，但是到处飘着香气。高粱成熟了，大豆黄了秧子，野地上仍旧是红的红，绿的绿。冯二成子沿着原路往回走，走了一程他还转回身去向着赵老太太走去的远方望一望。但是连一点影子也看不见了。

蓝天凝静得那么严酷，连一些皱折也没有，简直像是用蓝色纸剪成的。他用了他所有的目力，探究着蓝色的天边处，是否还存在着一点点黑点，若是还有一个黑点，那就是赵老太太的车子了。可是连一个黑点也没有，实在是没有的，只有一条白亮亮的大路，向着蓝天那边爬去，爬到蓝天的尽头，这大路只剩了窄狭的一条。

赵老太太这一去什么时候再能够见到，没有和她约定时间，也没有和她约定地方。他想顺着大路跑去，跑到赵老太太的车子前面，拉住了大黑骡子，他要向她说：

“不要忘记了你的邻居，上城里来的时候可来看我一次。”

但那车子一点影也没有了，追也追不上了。

他转回身来，仍走他的归途，他觉得这回来的路，比去的时候不知远了多少倍。

他不知为什么这次送赵老太太，比送他自己的亲娘还更难过。他想：人活着为什么要分别？既然永远分别，当初又何必认识！人与人之间又是谁给造了这个机会？既然造了机会，又是谁把机会给取消了！

他越走他的脚越沉重，他的心越空虚，就在一个有树阴的地方坐下来。他往四方左右望一望。他望到的，都是在劳动着的，都是在活着的，赶车的赶车，拉马的拉马。割高粱的人，满头流着大汗。还有的手被高粱杆扎破了，或是脚被扎破了，还浸浸地沁着血，而仍是不停地在割。他看了一看，他不能明白这都是在做什么；他不明白这都是为着什么。他想：你们那些手拿着的，脚踏着的，到了终归，你们是什么也没有的。你们没有了母亲，你们的父亲早早死了，你们该娶的时候，娶不到你们所想的；你们到老的时候，看不到你们的子女成人，你们就先累死了。

冯二成子看一看自己的鞋子掉底了，于是脱下鞋子用手提鞋子，站起来光着脚走，他越走越奇怪，本来是往回走，可是心越走越往远处飞。究竟飞到哪里去了，他自己也把捉不定。总之他越往回走，他就越觉得空虚，路上他遇到了一些推手车的，挑担的，他都用了奇怪的眼光看了他们一下：你们什么也不知道，你们只知道为你们的老婆孩子当一辈子牛马，你们都白活了，你们自己还不知道。你们要吃的吃不到嘴，要穿的穿不上身，你们为了什么活着，活得那么起劲！

他看几个卖豆腐脑的，搭着白布篷，篷下站着好几个人在吃。有的争着要多加点酱油，而那卖豆腐脑的偏偏给他加上几粒盐。卖豆腐脑的说酱油太贵，多加要赔本的。于是为着点酱油争吵了起来。冯二成子老远的就听他们在嚷嚷。他用斜眼看了那卖豆腐脑的：

“你这个小气人，你为什么那么苛刻，你都是为了老婆孩子。你要白白活这一辈子，你省吃俭用，到头你还不是个穷鬼！”

冯二成子这一路上所看的几乎完全是这一类人。

他用各种眼光批评了他们。

他走了一会转回身去，看看远方，并且站着等了一会，好像远方会有什么东西自动向他飞来，又好像远方有谁在招呼着他。他几次三番的这样停下来，好像他侧着耳朵细听。但只有雀子的叫声从他头上飞过，其余没有别的了。

他又转身向回走，但走得非常迟缓，像走在荆藜的草中，仿佛他走一步，被那荆藜拉住过一次。

终于他全然没有了气力，全身和头脑。他找到一片小树林，他在那里伏在地上哭了一袋烟的工夫。他的眼泪落了一满树根。

他回想着那姑娘束了花围裙的样子，那走路的全身愉快的样子。他再想那姑娘是什么时候搬来的，他连一点印象也没有记住，他后悔他为什么不早点发现她，她的眼睛看过他两三次，他虽不敢直视过去，但他感觉得到，那眼睛是深黑的，含着无限情意的。他想到了那天早晨他与她站了个对面，那眼睛是多么大！那眼光是直逼着他而来的。他一想到这里，他恨不得站起来扑过去。但是现在都完了，都去得无声无息的那么远了，也一点痕迹没有留下，也永久不会重来了。

这样广茫茫的人间，让他走到哪方面去呢？是谁让人如此，把人生下来，并不领给他一条路子，就不管他了。

黄昏的时候，他从地面上抓了两把泥土，他昏昏沉沉地站起来，仍旧得走着他的归路。

他好像失了魂魄的样子，回到了磨房。

看一看罗架好好地在那儿站着，磨盘好好地在那儿放着，一切都没有变动。吹来的风依旧是很凉爽的。从风车吹出来的麦皮仍旧在大篓子里盛着，他抓起一把放在手心上擦了擦，这都是昨天磨的麦子，昨天和今天是一点也没有变。他拿了刷子刷了一下磨盘，残余的麦粉冒了一阵白烟。这一切都和昨天一样，什么也没有变。耗子的眼睛仍旧是很亮很亮的跑来跑去。后花园静静的和往日里一样的没有声音。上房里东家的太太抱着孙儿和邻居讲话，讲得仍旧和往常一样热闹。担水的往来在井边有谈有笑地放着大步往来地跑，绞着井绳的转车喀啦喀啦的大大方方地响着。一切都是快乐的，有意思的。就连站在槽子那里的小驴，一看冯二成子回来了，也表示欢迎似的张开大嘴来叫了几声。冯二成子走上前去，摸一摸小驴的耳朵，而后从草包取一点草散在槽子里，而后又领着那小驴到井边去饮水。

他打算再工作起来，把小驴仍旧架到磨上，而他自己还是愿意鼓动着勇气打起梆子来。但是未能做到，他好像丢了什么似的，好像是被人家抢去了什么似的。

他没有拉磨，他走到街上来荡了半夜，二更之后，街上的人稀疏了，都回家去睡觉去了。

他经过靠着缝衣裳来过活的老王那里，看她的灯还未灭，他想进去歇一歇脚也是好的。

老王是一个三十多岁的寡妇，因为生活的忧心，头发白了一半了。

她听了是冯二成子来叫门，就放下了手里的针线来给他开门了。

还没等他坐下，她就把缝好的冯二成子的蓝单衫取出来了，并且说着：

“我这两天就想要给你送去，为着这两天活计多，多做一件，多赚几个，还让你自家来拿……”

她抬头一看冯二成子的脸色是那么冷落，她忙着问：

“你是从街上来的吗？是从哪儿来的？”

一边说着一边就让冯二成子坐下。

他不肯坐下，打算立刻就要走，可是老王说：

“有什么不痛快的，跑腿子在外的人，要舒心坦意。”

冯二成子还是没有响。

老王跑出去给冯二成子买了些烧饼来，那烧饼还是又脆又热的，还买了酱肉。老王手里有钱时常常自己喝一点酒，今天也买了酒来。

酒喝到三更，王寡妇说：

“人活着就是这么的，有孩子的为孩子忙，有老婆的为老婆忙，反正做一辈子牛马。年轻的时候，谁还不是像一棵小树似的，盼着自己往大了长，好像有多少黄金在前边等着。可是没有几年，体力也消耗完了，头发黑的黑，白的白……”

她给他再斟一盅酒。

她斟酒时，冯二成子看她满手都是筋络，苍老得好像大麻的叶子一样。

但是她说的话，他觉得那是对的。于是他把那盅酒举起来就喝了。

冯二成子把近日的心情告诉了。他说他对什么都是烦躁的，对什么都没有耐性了。他所说的她都理解得很好，接着他的话，她所发的议论也和他的一样。

喝过了三更以后，冯二成子也该回去了。他站起来，抖擞一下他的前襟，他的感情宁静多了，他也清晰得多了，和落过雨后又复见了太阳似的，他还拿起老王在缝着的衣裳看看，问她一件夹袄手工多少钱。

老王说："那好说，那好说，有夹袄尽管拿来做吧。"

说着她就拿起一个烧饼，把剩下的酱肉通通夹在烧饼里，让冯二成子带着：

"过了半夜，酒要往上返的，吃下去压一压酒。"

冯二成子百般的没有要，开了门，出来了，满天都是星光；中秋以后的风，也有些凉了。

"是个月黑头夜，可怎么走！我这儿也没有灯笼……"

冯二成子说不要不要，就走出来了。

在这时有一条狗往屋里钻，老王骂着那狗：

"还没有到冬天，你就怕冷了，你就往屋里钻！"

因为是夜深了的缘故，这声音很响。

冯二成子看一看附近的人家都睡了。王寡妇也在他的背后闩上了门，适才从门口流出来的那道灯光，在闩门的声音里边，又被收了回去。

冯二成子一边看着天空的北斗星，一边来到小土坡前，那小土坡上长着不少野草，脚踏在上边，绒绒虎虎的。于是他蹲了双腿，试着用指尖搔一搔，是否这地方可以坐一下。

他坐在那里非常宁静，前前后后的事情，他都忘得干干净净，他心里边没有什么骚扰，什么也没有想，好像什么也想不起来了。晌午他送赵老太太走的那回事，似乎是多少年前的事情。现在他觉得人间并没有许多人，所以彼此没有什么妨害，他的心境自由得多了，也宽舒得多了，任着夜风吹着他的衣襟和裤脚。

他看一看远近的人家，差不多都睡觉了，尤其是老王的那一排房子，通通睡了，只有王寡妇的窗子还透着灯光。他看了一会，他又把眼睛转到另外的方向去，有的透着灯光的窗子，眼睛看着看着，窗子忽然就黑了一个，忽然又黑了一个。屋子一灭掉了灯，竟像沉到深渊里边去的样子立刻消灭了。

而老王的窗子仍旧是亮的，她的四周都黑了，都不存在了，那就更显得她单独地停在那里。

“她还没有睡呢！”他想。

她怎么还不睡，他似乎这样想了一下。是否他还要回到她那边去，他心里很犹疑。

等他不自觉地又回老王的窗下时，他终于敲了她的门。

里边应着的声音并没有惊奇，开了门让他进去。

这夜，冯二成子就在王寡妇家里结了婚了。

他并不像世界上所有的人结婚那样：也不跳舞，也不招待宾客，也不到礼拜堂去。而也并不像邻家姑娘那样打着铜锣，敲着大鼓。但是他们庄严得很，因为百感交集，彼此哭了一遍。

第二年夏天，后花园里的花草又是那么热闹，矮瓜淘气地爬上了树了，向日葵开了大花，惹得蜂子成群的闹着，大菽茨，爬山虎，马蛇菜，胭粉豆，样样都开了花。耀眼的耀眼，散着香气的散着香气。年年爬到磨房窗棂上来的黄瓜，今年又照样地爬上来了；年年结果子的，今年又照样地结了果子。

惟有墙上的狗尾草比去年更为茂盛，因为今年雨水多而风少。园子里虽然是花草鲜艳，而很少有人到园子里来，是依然如故。

偶然园主的小孙女跑进来折一朵大菽茨花，听到屋里有人喊着：

“小春，小春……”

她转身就跑回屋去，而后把门又轻轻地闩上了。

算起来就要一年了，赵老太太的女儿就是从这靠着花园的厢房出嫁的。在街上冯二成子碰到那出嫁的女儿一次，她的怀里抱着一个小孩。

可是冯二成子也有了小孩了。磨房里拉起了一张白布帘子来，帘子后边就藏着出生不久的婴孩和孩子的妈妈。

又过了两年，孩子的妈妈死了。

冯二成子坐在罗架上打筛罗时，就把孩子骑在梆子上。夏昼十分热了，冯二成子把头垂在孩子的腿上，打着瞌睡。

不久那孩子也死了。

后花园经过了几度繁华，经过了几次凋零，但那大菽茨花它好像世世代代要存在下去的样子，经冬复历春，年年照样地在园子里边开着。

园主人把后花园里的房子都翻了新了，只有这磨房连动也没动，说是磨房用不着好房子的，好房子也让筛罗“咚咚”的震坏了。

所以磨房的屋瓦，为着风吹，为着雨淋，一排一排的都脱了节。每刮一次大风，屋瓦就要随着风在半天空里飞走了几块。

夏昼，冯二成子伏在梆子上，每每要打瞌睡，他瞌睡醒来时，昏昏庸庸的他看见眼前跳跃着无数条光线，他揉一揉眼睛，再仔细看一看，原来是房顶露了天了。

以后两年三年，不知多少年，他仍旧在那磨房里平平静静的活着。

后花园的园主也老死了，后花园也拍卖了，这拍卖只不过给冯二成子换了个主人。这个主人并不是个老头，而是个年轻的，爱漂亮，爱说话的，常常穿了很干净的衣裳来磨房的窗外，看那磨官怎样打他的筛罗，怎样摇他的风车。

一九四〇，四

北中国

一

一早晨起来就落着清雪。在一个灰色的大门洞里，有两个戴着大皮帽子的人，在那里边响着大锯。

“扔，扔，扔，扔……”好像唱着歌似的，那白亮亮的大锯唱了一早晨了。

大门洞子里，架着一个木架，木架上边横着一个圆滚滚的大木头。那大木头有一尺多粗，五尺多长。两个人就把大锯放在这木头的身上，不一会工夫，这木头就被锯断了。先是从腰上锯开分做两段，再把那两段从中再锯一道，好像小圆凳似的，有的在地上站着，有的在地上躺着。而后那木架上又被抬上来一条五尺多长的来，不一会工夫，就被分做两段，而后是被分做四段，从那木架上被推下去了。

同时离住宅不远，那里也有人在拉着大锯……城门外不远的地方就有一段树林，树林不是一片，而是一段树道，沿着大道的两旁长着。往年这夹树道的榆树，若有穷人偷剥了树皮，主人定要捉拿他，用绳子捆起来，用打马的鞭子打。活活的树，一剥就被剥死了。说是养了一百来年的大树，从祖宗那里继承下来的，那好让它一旦死了呢！将来还要传给第二代、第三代儿孙，最好是永远留传下去，好来证明这门第的久远和光荣。

可是，今年却是这树林的主人自己发的号令，用大锯锯着。

那树因为年限久了，树根扎到土地里去特别深。伐树容易，拔根难。树被锯倒了，根只好留待明年春天再拔。

树上的喜鹊窝，新的旧的有许多。树一被伐倒，喀喀喀地响着，发出一种强烈的不能控制的响声；被北风冻干的树皮，触到地上立刻碎了，断了。喜鹊窝也就跟着附到地上了，有的跌破了，有的则整个地滚下来，滚到雪地里去，就坐在那亮晶晶的雪上。

是凡跌碎了的，都是隔年的，或是好几年的；而有些新的，也许就是喜鹊在夏天自己建筑的，为着冬天来居住。这种新的窝是非常结实，虽然是已经跟着大树躺在地上了，但依旧是完好的，仍旧是待在树丫上。那窝里的鸟毛还很温暖的样子，被风忽忽的吹着。

二

往日这树林里，是禁止打鸟的，说是打鸟是杀生，是不应该的，也禁止孩子们破坏鸟窝，说是破坏鸟窝，是不道德的事，使那鸟将没有家了。

但是现在连大树都倒下了。

这趟夹树道在城外站了不知多少年，好像有这地方就有这树似的，人们一出城门，就先看见这夹道，已经看了不知多少年了。在感情上好像这地方必须就有这夹树道似的，现在一旦被砍伐了去，觉得一出城门，前边非常的荒凉，似乎总有一点东西不见了，总少了一点什么。虽然还没有完全砍完，那所剩的也没有几棵了。

一百多棵榆树，现在没有几棵了，看着也就全完了。所剩的只是些个木桩子，远看看不出来是些个什么。总之，树是全没有了。只有十几棵，现在还在伐着，也就是一早一晚就要完的事了。

那在门洞子里两个拉锯的大皮帽子，一个说：

“依你看，大少爷还能回来不能？”

另一个说：

“我看哪……人说不定有没有了呢……”

其中的一个把大皮帽子摘下，拍打着帽耳朵上的白霜。另一个从腰上解下小烟袋来，准备要休息一刻了。

正这时候，上房的门喀喀地响着就开了，老管事的手里拿着一个上面贴有红绶的信封，从台阶上下来，怀怀疑疑，把嘴唇咬着。

那两个拉锯的，刚要点起火来抽烟，一看这情景就知道大先生又在那里边闹了。于是连忙把烟袋从嘴上拿下来，一个说，另一个听着：

“你说大少爷可真的去打日本去了吗？……”

正在说着，老管事的就走上前来了，走进大门洞，坐在木架上，把信封拿给他们两个细看。他们两个都不识字，老管事的也不识字。不过老管事的闭着眼睛也可以背得出来，因为这样的信，他的主人自从生了病的那天就写，一天或是两封三封，或是三封五封。他已经写了三个月了，因为他已经病了三个月了。

写得连家中的小孩子也都认识了。

所以老管事的把那信封头朝下，脚朝上的倒念着：

大中华民国抗日英雄

耿振华吾儿收

父字

老管事的全念对了，只是中间写在红绶上的那一行，他只念了“耿振华收”，而丢掉了“吾儿”两个字。其中一个拉锯的，一听就听出来那是他念错了，连忙补添着说：

“耿振华吾儿收。”

他们三个都仔细地往那信封上看着，但都看不出“吾儿”两个字写在什么地方，因为他们都不识字。反正背也都背熟的了，于是大家丢开这封信不谈，就都谈着“大先生”，就是他们的主人的病，到底是个什么来历。中医说肝火太盛，由气而得；西医说受了过度的刺激，神经衰弱。而那会算命的本地最有名的黄半仙却从门帘的缝中看出了耿大先生是前生注定的骨肉分离。

因为耿大先生在民国元年的时候，就出外留学，从本地区的县城，留学到了省城，差一点就要到北京去的，去进北京大学堂。虽是没有去成，思想总算是革命的了。他的书箱子里密藏着孙中山先生的照片，等到民国七八年的时候，他才取拿出来给大家看，说是从前若发现了有这照片是要被杀头的。

因此他的思想是维新的多了，他不迷信，他不信中医。他的儿子，从小他就不让他进私学馆，自从初级小学堂一开办，他就把他的女儿和儿子都送进小学堂去读书。

他的母亲活着的时候，很是迷信，跳神赶鬼，但是早已经死去了。现在他就是一家之主，他说怎么样就是怎么样。他的夫人，五十多岁了，读过私学馆，前清时代她的父亲进过北京去赶过考，考是没有考中的，但是学问很好，所以他的女儿《金刚经》《灶王经》都念得通熟，每到夜深人静，还常烧香打坐，还常拜斗参禅。虽然五十多岁了，其间也受了不少的丈夫的阻挠，但她善心不改，也还是常常偷着在灶王爷那里烧香。

耿大先生就完全不信什么灶王爷了，他自己不加小心撞了灶王爷板，他硬说灶王爷板撞了他。于是很开心的拿着烧火叉子把灶王爷打了一顿。

他说什么是神，人就是神。自从有了科学以来，看得见的就是有，看不见的就没有。

所以那黄半仙刚一探头，耿大先生唔唠一声，就把他吓回去了，只在门帘的缝中观了观形色，好在他自承认他的功夫是很深的，只这么一看，也就看出个所以然来。他说这是他命里注定的前世的孽缘，是财不散，是子不离。“是财不散，是儿不死。”民间本是有这句俗话的。但是“是子不离”这可没有，是他给编上去的，因为耿大少爷到底是死是活，谁也不知道，于是就只好将就着用了这么一个含糊其词的“离”字。

假若从此音信皆无，真的死了，不就是真的“离”了吗？假若不死，有一天回来了，那就是人生的悲，欢，离，合，有离就有聚，有聚就有离的“离”。

黄半仙这一套理论，不能够发扬而光大之，因为大先生虽然病得很沉重，但是他还时时地清醒过来，若让他晓得了，全家上下都将不得安宁，他将要挨着个儿骂，从他夫人骂起，一直骂到那烧火洗碗的小打。所以在他这生病的期中，只得请医生，而不能够看巫医，所以像黄半仙那样的，只能到下房里向夫人讨一点零钱就去了，是没有工夫给他研究学理的。

现在那两个大皮帽子各自拿了小烟袋，点了火，彼此的咳嗽着，正想着大大的发一套议论，讨论一下关于大少爷的一去无消息。有老管事的在旁，一定有什么更丰富的见解。

老管事的用手把胡子来回地抹着，因为不一会工夫，他的胡子就挂满了白霜。他说：

“人还不知有没有了呢？看这样子跑了一个还要搭一个。”

那拉木头的就问：

“大先生的病好了一点没有？”

老管事的坐在木架上，东望望，西望望，好像无可无不可的神情，似乎并不关心，而又像他心里早有了主意，好像事情的原委他早已观察清楚了，一步一步地必要向那一方面发展，而必要发展到怎样一个地步，他都完全看透彻了似的。他随手抓起一把锯末子来，用嘴唇吹着，把那锯末子吹了满身，而后又用手拍着，并且用手揪着那树皮，撕下一小片来，把那绿莹莹的一层掀下来，放在嘴里，一边咬着一边说：

“还甜丝丝的呢，活了一百年的树，到今天算是完了。”

而后他一脚把那木墩子踢开。他说：

“我活了六十多年了，我没有见过这年月，让你一，你不敢二，让你说三，你不敢讲四。完了，完了……”

那两个拉锯的把眼睛呆呆的不转眼珠。

老管事的把烟袋锅子磕着自己的毡鞋底：

“跑毛子的时候，那俄大鼻子也杀也砍的，可是就只那么一阵，过去也就完了。没有像这个的，油，盐，酱，醋，吃米，烧柴，没有他管不着的；你说一句话吧，他也要听听；你写一个字吧，他也要看看。大先生为了有这场病的，虽说是为着儿子的啦，可也不尽然，而是为着小……小□□。”

正说到这里，人门外边有两个说着“咯大内、咯大内”的话的绿色的带着短刀的人走过。老管事的他那掉在地上的写着“大中华民国”字样的信封，伸出脚去就用大毡鞋底踩住了，同时变毛变色地说：

“今年冬天的雪不小，来春的青苗错不了呵！……”

那两个人“咯大内、咯大内”的讲着些个什么走过去了。

“说鬼就有鬼，说鬼鬼就到。”

老管事的站起来就走了，把那写着“大中华民国”的信封，一边走着一边撕着，撕得一条一条的，而后放在嘴里咬着，随咬随吐在地上。他径直走上正房的台阶上去了，在那台阶上还听得到他说：

“活见鬼，活见鬼，他妈的，活见鬼……”

而后那房门喀喀的一响，人就进去了，不见了。

清雪还是照旧地下着，那两个拉锯的，又在那里唰唰地工作起来。

这大锯的响声本来是“扔扔”的，好像是唱歌似的，但那是离得远一点才可以听到的，而那拉锯的人自己就只听到“唰唰唰”。

锯沫子往下飞散，同时也有一种清香的气味发散出来。那气味甜丝丝的，松香不是松香，杨花的香味也不是的，而是甜的，幽远的，好像是记忆上已经记不得那么一种气味的了。久久被忘记了的一回事，一旦来到了，觉得特别的新鲜。因为那拉锯的人真是伸手抓起一把锯沫子来放到嘴里吞下去。就是不吞下这锯沫子，也必得撕下一片那绿盈盈的贴身的树皮来，放到嘴里去咬着，是那么清香，不咬一咬这树皮，嘴里不能够有口味。刚一开始，他们就是那样咬着的。现在虽然不至再亲切得去咬那树皮了，但是那圆滚滚的一个一个的锯好了的木墩子，也是非常惹人爱的。他们时或用手拍着，用脚尖触着。他们每锯好一段，从那木架子推下去的时候，他们就说：

“去吧，上一边待着去吧。”

他们心里想，这么大的木头，若做成桌子，做成椅子，修房子的时候，做成窗框该多好，这样好的木头哪里去找去！

但是现在锯了，毁了，劈了烧火了，眼看着一块材料不成用了。好像他们自己的命运一样，他们看了未免有几分悲哀。

清雪好像菲薄菲薄的玻璃片似的，把人的脸，把人的衣服都给闪着光，人在清雪里边，就像在一张大的纱帐子里似的。而这纱帐子又都是些个玻沫似的小东西组成的，它们会飞，会跑，会纷纷地下坠。

往那大门洞里一看，只影影绰绰的看得见人的轮廓，而看不清人的鼻子眼睛了。

可是拉大锯的响声，在下雪的天气里，反而听得特别的清楚，也反而听得特别的远。因为在这样的大气里边，人们都走进屋子里去过生活了。街道上和邻家院子，都是静静的。人声非常的稀少，人影也不多见。只见远近处都是茫茫的一片白色。

尤其是在旷野上，远远的一望，白茫茫的，简直是一片白色的大化石。旷野上远处若有一个人走着，就像一个黑点在移动着似的；近处若有人走着，就好像一个影子在走着似的。

在这下雪的天气里是很奇怪的，远处都近，近的反而远了，比方旁边有人说话，那声音不如平时响亮。远处若有一点声音，那声音就好像在耳朵旁边似的。

所以那远处伐树的声音，当他们两个一休息下来的时候，他们就听见了。

因为太远了，那拉锯的“扔扔”的声音不很大，好像隔了不少的村庄，而听到那最后的音响似的，似有似无的。假若在记忆里边没有那伐树的事情，那就根本不知道那是伐树的声音了。或者根本就听不见。

“一百多棵树。”因为他们心里想着，那个地方原来有一百多棵树。

在晴天里往那边是看得见那片树的，在下雪的天里就有些看不见了，只听得不知道什么地方“扔，扔，扔，扔”。他们一想，就定是那伐树的声音了。

他们听了一会，他们说：

“百多棵树，烟消火灭了，耿大先生想儿子想疯了。”

“一年不如一年，完了，完了。”

樱桃树不结樱桃了，玫瑰树不开花了。泥大墙倒了把樱桃树给轧断了，把玫瑰树给埋了。樱桃轧断了，还留着一些枝杈，玫瑰竟埋得连影都看不见了。

耿大先生从前问小孩子们：

“长大做什么？”

小孩子们就说：“长大当官。”

现在老早就不这么说了。

他对小孩子们说：

“有吃有喝就行了，荣华富贵咱们不求那个。”

从前那客厅里挂着画，威尔逊，拿破仑，现在都已经摘下去了，尤其是那拿破仑，英雄威武得实在可以，戴着大帽子，身上佩着剑。

耿大先生每早晨吃完了饭，往客厅里一坐，第一个拿破仑，第二个威尔逊，还有林肯，华盛顿……挨着排讲究一遍。讲完了，大的孩子让他照样的背一遍，小的孩子就让他用手指指出哪个是威尔逊，哪个是拿破仑。

他说人要英雄威武，男子汉，大丈夫，不做威尔逊，也做拿破仑。

可是现在没有了，那些画都从墙上摘下去了，另换上一个老孔，宽衣大袖，安详端正，很大的耳朵，很红的嘴唇，一看上去就是仁义道德。但是自从挂了这画之后，只是白白的挂着，并没有讲。

他不再问孩子们长大做什么了。孩子们偶而问了他，他就说：

“只求足衣足食，不求别的。”

这都是日本人来了之后，才改变了的思想。

再不然就说：

“人生百年，三万六千日，不如僧家半日闲。”

这还都是大少爷在家里时的思想。大少爷一走了，开初耿大先生不表示什么意见，心里暗恨生气，只觉得这孩子太不知好歹。但他想过了一些时候，就会回来了，年轻的人，听说哪方面热闹，就往那方面跑。他又想到他自己年轻的时候，也是这样。孙中山先生革命的时候，还偷偷地加入了革命党呢。现在还不是，青年人，血气盛，听说了是要打日本，自然是眼红，现在让他去吧，过了一些时候，他就晓得了。他以为到了中国就不再是“满洲国”了。说打日本是可以的了。其实不然，中国也不让说打日本这个话的。

本地县中学里的学生跑了两三个。听说到了上海就被抓起来了。听说犯了抗日遗害民国的罪。这些或者不是事实，耿大先生也没有见过，不过一听说，他就有点相信。他想儿子既然走了，是没有法子叫他回来的，只希望他在外边碰了钉子就回来了。

看着吧，到了上海，没有几天，也是回来的。年青人就是这样，听了什么一个好名声，就跟着去了，过了几天也就回来了。

耿大先生把这件事不十分放在心上。

儿子的母亲，一哭哭了三四天，说在儿子走的三四天前，她就看出来那孩子有点不对。那孩子的眼泡是红的，一定是不忍心走，哭过了的，还有他问过他母亲一句话，他说：

“妈，弟弟他们每天应该给他们两个钟头念中国书，尽念日本书，将来连中国字都不认识了，等一天咱们中国把日本人打跑了的时候，还满口日本话，那该多么耻辱。”

妈就说：

“什么时候会打跑日本的？”

儿子说：

“我就要去打日本去了……”

这不明明跟母亲露一个话风吗？可惜当时她不明白，现在她越想越后悔。

假如看出来了，就看住他，使他走不了。假如看出来了，他怎么也是走不了的。母亲越想越后悔，这一下子怕是不能回来了。

母亲觉得虽然打日本是未必的，但总觉得儿子走了，怕是不能回来了，这个阴影不知道从什么地方来的。也许本地县中学里的那两个学生到了上海就音信皆无，给了她很大的恐怖。总之有一个可怕的阴影，不知怎么的，似乎是儿子就要一去不回来。

但是这话她不能说出来，同时她也不愿意这样的说，但是她越想怕是儿子就越回不来了。所以当她到儿子的房里去检点衣物的时候，她看见了儿子出去打猎戴的那大帽子，她也哭。她看见了儿子的皮手套，她也哭。哭得像个泪人似的。

儿子的书桌上的书一本一本的好好的放着，毛笔站在笔架上，铅笔横在小木盒里。那儿子喝的茶杯里还剩了半杯茶呢！儿子走了吗？这实在不能够相信。那书架上站着的大圆马蹄表还在咔咔咔的一秒一秒地走着。那还是儿子亲手上的表呢。

母亲摸摸这个，动动那个。似乎是什么也没有少，一切都照原样，屋子里还温热热的，一切都像等待着晚上儿子回来照常睡在这房里，一点也不像主人就一去也不回来了。

三

儿子一去就是三年，只是到了上海的时候，有过两封信。以后就音信皆无了，传说倒是很多。正因为传说太多了，不知道相信哪一条好。卢沟桥，“八一三”，儿子走了不到半年中国就打日本了。但是儿子可在什么地方，音信皆无。

传说就在上海张发奎的部队里，当了兵，又传说没有当兵，而做了政治工作人员。后来，他的一个同学又说他早就不在上海了，在陕西八路军里边工作。过了几个月说都不对，是在山西的一个小学堂里教书。还有更奇妙的，说是儿子生活无着，沦落街头，无法还在一个瓷器公司里边做了一段小工。

对于这做小工的事情，把母亲可怜得不得了。母亲到处去探听，亲戚，朋友，只要平常对她儿子一有来往的地方，她就没有不探听遍了的。尤其儿子的同学，她总想，他们是年青人，哪能够不通信。等人家告诉她实实在在不知道的时候，她就说：

“你们瞒着我，你们哪能不通信的。”

她打算给儿子寄些钱去，可是往哪里寄呢？没有通信地址。

她常常以为有人一定晓得她儿子的通信处，不过不敢告诉她罢了；她常以为尤其是儿子的同学一定知道他在哪里，不过不肯说，说了出来，怕她去找回来。所以她常对儿子的同学说：

“你们若知道，你们告诉我，我决不去找他的。”

有时竟或说：

“他在外边见见世面，倒也好的，不然像咱们这个地方东三省，有谁到过上海。他也二十多岁了，他愿意在外边待着，他就在外边待着去吧，我才不去找他的。”

对方的回答很简单：

“我们不知道，我们不知道。”

有时她这样用心可怜的说了一大套，对方也难为情起来了。说：

“老伯母，我们实在不知道。我们若知道，我们就说了。”

每次都是毫无下文，无结果而止。她自己也觉得非常的空虚，她想下回不问了，无论谁也不问了，事不关己，谁愿意听呢？人都是自私的，人家不告诉她，她心里竟或恨了别人，她想再也不必问了。

但是过些日子她又忘了，她还是照旧的问。

怎么能够沦为小工呢？耿家自祖上就没有给人家做工的，真是笑话，有些不十分相信，有些不可能。

但是自从离了家，家里一个铜板也没有寄去过，上海也没有亲戚，恐怕做小工也是真的了。

母亲爱子心切，一想到这里，有些不好过，有些心酸，眼泪就来到眼边上。她想这孩子自幼又骄又惯的长大，吃，穿都是别人扶持着，现在给人做小工，可怎么做呢？可怜了我这孩子了！母亲一想到这里，每逢吃饭，就要放下饭碗，吃不下去。每逢睡到刮风的夜，她就想刮了这样的大风，若是一个人在外边，夜里睡不着，想起家来，那该多么难受。

因为她想儿子，所以她想到了儿子要想家的。

下雨的夜里，她睡得好好的，忽然一个雷把她惊醒了，她就再也睡不着了。她想，沦落在外的人，手中若没有钱，这样连风加雨的夜，怎样能够睡着？背井离乡，要亲戚没有亲戚，要朋友没有朋友，又风雨交加。其实儿子离她不知几千里了，怎么她这里下雨，儿子那里也会下雨的？因为她想她这里下雨了，儿子那里也是下雨的。

儿子到底当了小工，还是当了兵，这些都是传闻，究竟没有证实过。所以做母亲的迷离恍忽的过了两三年，好像走了迷路似的，不知道东西南北了。

母亲在这三年中，会拿东忘西的，说南忘北的，听人家唱鼓词，听着听着就哭了；给小孩子们讲瞎话，讲着讲着眼泪就流下来了。一说街上有个叫花子，三天没有吃饭饿死了，她就说："怎么没有人给点剩饭呢？"说完了，她眼睛上就像是来了眼泪，她说人们真狠心得很……

母亲不知为什么，变得眼泪特别多，她无所因由似的，说哭就哭，看见别人家娶媳妇她也哭，听说谁家的少爷今年定了亲了，她也哭。

四

可是耿大先生则不然，他一声不响，关于儿子，他一字不提。他不哭，也不说话，只是夜里不睡觉，静静地坐着，往往一坐坐个通宵。他的面前站着一棵蜡烛，他的身边放着一本书。那书他从来没有看过，只是在那烛光里边一夜一夜的陪着他。

儿子刚走的时候，他想他不久就回来了，用不着挂心的。他一看儿子的母亲在哭，他就说："妇人女子眼泪忒多。"所以当儿子来信要钱的时候，他不但没有给寄钱去，反而写信告诉他说，要回来，就回来，必是自有主张，此后也就不要给家来信了，关里关外的通信，若给人家晓得了，有关身家性命。父亲是用这种方法要挟儿子，使他早点回来。谁知儿子看了这信，就从此不往家里写信了。

无音无信的过了三年，虽然这之中的传闻他也都听到了，但是越听越坏，还不如不听的好。不听倒还死心塌地，就和像未曾有过这样的一个儿子似的。可是偏听得见的，只能听见，又不能证实，就如隐约欲断的琴音，往往更耐人追索……

耿大先生为了忘却这件事情，他已经养成了一个习惯，就是夜里不愿意睡觉，愿意坐着。

他夜里坐了三年，竟把头发坐白了。

开初有的亲戚朋友来，还问他大少爷有信没有，到后来竟问也没有人敢问了。人一问他，他就说："他们的事情，少管为妙。"

人家也就晓得耿大先生避免着再提到儿子。

家里的人更没有人敢提到大少爷。大少爷住过的那房子的门锁着，那里边鸦雀无声，灰尘都已经满了。太阳晃在窗子的玻璃上，那玻璃都可以照人了，好像水银镜子似的。因为玻璃的背后已经挂了一层灰秃秃的尘土。把脸贴在玻璃上往里边看，才能看到里边的那些东西，床，书架，书桌等类，但也看不十分清楚。因为玻璃上尘土的关系，也都变得影影绰绰的。

这个窗没有人敢往里看，也就是老管事的记性很不好，挨了不知多少次的耿大先生的瞪眼，他有时一早一晚还偷偷摸摸地往里看。

因为在老管事的感觉里，这大少爷的走掉，总觉得是风去楼空，或者是凄凉的家败人亡的感觉。

眼看着大少爷一走，全家都散心了。到吃饭的时候，桌子摆着碗筷，空空的摆着，没有人来吃饭。到睡觉的时候，不睡觉，通夜通夜的上房里点着灯。家里油盐酱醋没有人检点，老厨子偷油，偷盐，并且拿着小口袋从米缸里往外灌米。送柴的来了，没有人过数；送粮的来了，没有人点粮。柴来了就往大禀上一扔，粮来了，就往仓子里一倒，够数不够数，没有人晓得。

院墙倒了，用一排麦秆附上，房子漏了雨，拿一块砖头压上。一切都是往败坏的路上走。一切的光辉生气随着大少爷的出走失去了。

老管事的一看到这里，就觉得好像家败人亡了似的，默默地心中起着悲哀。

因为是上一代他也看见了，并且一点也没有忘记，那就是耿大先生的父亲在世的时候那种兢兢业业的，现在都哪里去了，现在好像是就要烟消云散了。

他越看越不像样，也就越要看，他觉得上屋里没人，他就跷着脚尖，把头盖顶在那大少爷的房子的玻璃窗上，往里看着。他自己也不知道他是要看什么，好像是在凭吊。

其余的家里的孩子，谁也不敢提到哥哥，谁要一提到哥哥，父亲就用眼睛瞪着他们。或者是正在吃饭，或者是正在玩着，若一提到哥哥，父亲就说：

“去吧，去一边玩去吧。”

耿大先生整天不大说话。他的眼睛是灰色的，他在屋子里坐着，他就直直地望着墙壁。他在院子里站着，他就把眼睛望着天边。他什么也不说，什么也不观察，把嘴再紧紧地闭着，好像他的嘴里边已经咬住了一种什么东西。

五

但是现在耿大先生早已经病了，有的时候清醒，有的时候则昏昏沉沉地睡着。

那就是今年阴历十二月里，他听到儿子大概是死了的消息。

这消息是本街上儿子的从前的一个同学那里传出来的。

正是这些时候，“满洲国”的报纸上大加宣传说中国要内战了，不打日本了，说是某某军队竟把某某军队一伙给杀光了，说是连军人的家属连妇人带小孩都给杀光了。

这些宣传日本一点也不出于好心。为什么知道他不是出于好心呢？因为下边紧接着就说，还是“满洲国”好，国泰民安，赶快的不要对你们的祖国怀着希望。

耿大先生一看，耿大先生就看出这又在造谣生事了。

耿大先生每天看报的，虽然他不相信，但也留心着，反正没有事做，就拿着报纸当消遣。有一天报上画着些小人，旁边注着字：“自相残杀。”另外还有一张画，画的是日本人，手里拉着“满洲国”的人，向前大步地走去，旁边写着：“日满提携。”

耿大先生看完了报说：

“小日本是亡不了中国的，小日本无耻。”

有一天，耿大先生正在吃饭。客厅里边来了一个青年人在说话，说话的声音不大，说了一会就走了。他也绝没想到客厅中有人。

耿太太也正在吃饭，知道客厅里来了客人，过去就没有回来，饭也没有吃。

到了晚上，全家都知道了，就是瞒着耿大先生一个人不知道。大少爷在外边当兵打仗死了。

老管事的打着灯笼到庙上去烧香去了，回来把胡子都哭湿了，他说：

“年轻轻的，那孩子不是那短命的，规矩礼法，温文尔雅……”

戴着大皮帽子的家里的长工，翻来覆去地说：

“奇怪，奇怪。当兵的是穷人当的，像大少爷这身份为啥去当兵的？”

另外一个长工就说：

“打日本吧啦！”

长工们是在伙房里讲着。伙房里的锅台上点起小煤油灯来，灯上没有灯罩，所以从火苗上往上升着黑烟。大锅里边煮着猪食，咕噜咕噜的，从锅沿边往上升着白汽，白汽升到房梁上，而后结成很大的水点滴下来。除了他们谈论大少爷的说话声之外，水点也在啪嗒啪嗒地落着。

耿太太在上屋自己的卧房里哭了好一阵，而后拿着三炷香到房檐头上去跪着念《金刚经》。当她走过来的时候，那香火在黑暗里一东一西地迈着步，而后在房檐头上那红红的小点停住了。

老管事的好像哨兵似的给耿太太守卫着，说大先生没有出来。于是耿太太才喃喃地念起经来。一边念着经，一边哭着，哭了一会，忘记了，把声音渐渐的放大起来，老管事的在一旁说：

“小心大先生听见，小点声吧。”

耿太太又勉强着把哭声收回去，以致那喉咙里边像有什么在横着似的，时时起着咯咯的响声。

把经念完了，耿太太昏迷迷地往屋里走，哪想到大先生就在玻璃窗里边站着。她想这事情的原委，已经被他看破，所以当他一问："你在做什么？"她就把实况说了出来：

"咱们的孩子被中国人打死了。"

耿大先生说：

"胡说。"

于是，拿起这些日子所有的报纸来，看了半夜，满纸都是日本人的挑拨离间，却看不出中国人会打中国人来。

直到鸡叫天明，耿大先生伏在案上，枕着那些报纸，忽然做了一梦。

在梦中，他的儿子并没有死，而是做了抗日英雄，带着千军万马，从中国杀向"满洲国"来了。

六

耿大先生一梦醒来，从此就病了，就是那有时昏迷，有时清醒的病。

清醒的时候，他就指挥着伐树。他说：

"伐呀，不伐白不伐。"

把树木都锯成短段。他说：

"烧啊！不烧白不烧，留着也是小日本的。"

等他昏迷的时候，他就要笔要墨写信，那样的信不知写了多少了，只写信封，而不写内容的。

信封上总是写：

大中华民国抗日英雄

耿振华吾儿 收

父 字

这信不知道他要寄到什么地方去，只要客人来了，他就说：

“你等一等，给我带一封信去。”

老管事的提着酒瓶子到街上去装酒，从他窗前一经过，他就把他叫住：

“你等一等，我这儿有一封信给我带去。”

无管什么人上街，若让他看见，他就要带封信去。

医生来了，一进屋，皮包还没有放下，他就对医生说。

“请等一等，给我带一封信去！”

家里的人，觉得这是一种可怕的情形。若是来了日本客人，他也把那抗日英雄的信托日本人带去，可就糟了。

所以自从他一发了病，也就被幽禁起来，把他关在最末的一间房子的后间里，前边罩着窗帘，后边上着风窗。

晴天时，太阳在窗帘的外边，那屋子是昏黄的；阴天时，那屋子是发灰色的。那屋里什么也没有，只有一个高大的暖墙，在一边站着，那暖墙是用白净的凸花的瓷砖砌的。其余别的东西都已经搬出去了，只有这暖墙是无法可搬的，只好站在那里让耿大先生迟迟的看来看去。他好像不认识这东西，不知道这东西的性质，有的时候看，有的时候用手去抚摸。

家里的人看了这情形很是害怕，所以把所有的东西都搬开了，不然他就样样的细细的研究，灯台，茶碗，盘子，帽盒子，他都拿在手里观摩。

现在都搬走了，只剩了这暖墙不能搬了。他就细细的用手指摸着这暖墙上的花纹，他说：

“怕这也是日本货吧！”

耿大先生一天很无聊地过着日子。

窗帘整天的上着，昏昏暗暗的，他的生活与世隔离了。

他的小屋虽然安静，但外边的声音也还是可以听得到的。外边狗咬，或是有脚步声，他就说：

“让我出去看看，有人来了。”

或是：

“有人来了，让他给我带一封信去。”

若有人阻止了他，他也就不动了；旁边若没有人，他会开门就经过耿太太的卧房，再经过客厅就出去的。

有一天日本东亚什么什么协进会的干事，一个日本人到家里了，要与耿大先生谈什么事情，因为他也是协进会的董事。

这一天，可把耿太太吓坏了：

“上街去了。”说完了，自己的脸色就变白了。

因为一时着急说错了，假若那日本人听说若是他病在家里不见，这不是被看破了实情，无疑也有弊了。

于是大家商量着，把耿大先生又给换了一个住处。这房间又小又冷，原来是个小偏房，是个使女住的。屋里没有壁炉，也没有暖墙，只生了一个炭火盆取暖。因为这房子在所有的房子的背后，或者更周密一些。

但是并不，有一天医生来到家里给耿大先生诊病。正在客厅里谈着，说耿大先生的病没有见什么好，可也没有见坏。

正这时候，掀开门帘，耿大先生进来了，手里拿了一封信说：

“我好了，我好了。请把这一封信给我带去。”

耿太太吓慌了，这假若是日本人在，便糟了。于是又把耿大先生换了一个地方。这回更荒凉了，把他放在花园的角上那凉亭子里去了。

那凉亭子的四角都像和尚庙似的挂着小钟，半夜里有风吹来，发出叮叮的响声。

耿大先生清醒的时候，就说：

“想不到出家当和尚了，真是笑话。”

等他昏迷的时候他就说：

"给我笔，我写信……"

那花园里素常没有人来，因为一到了冬天，满园子都是白雪。偶尔一条狗从这园子里经过，那留下来一连串的脚印，把那完完整整的洁净得连触不敢触的大雪地给踏破了，使人看了非常的可惜。假若下了第二次雪，那就会平了。假若第二次雪不来，那就会十天八天地留着。

平常人走在路上，没有人留心过脚印。猫跪在桌子上，没有留心过那踪迹。就像鸟雀从天空飞过，没有人留心过那影子的一样。但是这平平的雪地若展现在前边就不然了。若看到了那上边有一个坑一个点都要追寻它的来历。老鼠从上边跳过去的脚印，是一对一对的，好像一对尖尖的枣核打在那上边了。

鸡子从上边走过去，那脚印好像松树枝似的，一个个的。人看了这痕迹，就想要追寻，这是从哪里来的？到哪里去了呢？若是短短的只在雪上绕了一个弯就回来了的，那么一看就看清楚了，那东西在这雪上没有走了那么远。若是那脚印一长串地跑了出去，跑到大墙的那边，或是跑到大树的那边，或是跑到凉亭的那边，让人的眼睛看不见，最后究竟是跑到哪里去了？这一片小小的白雪地，四外有大墙围，本来是一个小小的世界，但经过几个脚印足痕的踩踏之后却显得这世界宽广了。因为一条狗从上边跑过了，那狗究竟是跳墙出去了呢，还是从什么地方回来的。再仔细查那脚印，那脚印只是单单的一行，有去路，而没有回路。

耿大先生自从搬到这凉亭里来，就整天地看着这满花园子的大雪，那雪若是刚下过了的，非常的平，连一点的痕迹也没有的时候，他就更寂寞了。

那凉亭边生了一个炭火盆，他寂寞的时候，就往炭火盆上加炭。那炭火盆上冒着蓝烟，他就对着那蓝烟呆呆地坐着。

七

有一天，有两个亲戚来看他，怕是一见了面，又要惹动他的心事，他要写那“大中华民国抗日英雄耿振华吾儿”的信了。

于是没敢惊动，就围绕着凉亭，踏着雪，企图偷偷看了就走了。

看了一会，没有人影，又看了一会连影子也没有。

耿太太着慌了，以为一定是什么时候跑出去了。心下想着，跑到什么地方去了呢？可不要闯了乱子。她急忙地走上台阶去，一看那吊在门上的锁，还是好好的锁着。那锁还是耿太太临出来的时候，她自己亲手锁的。

耿太太于是放了心，她想他是睡觉了，她让那两个客人站在门外，她先进去看看。若是他精神明白，就请两位客人进来。若不大明白，就不请他们进来了。免得一见面第二句话没有，又是写那“大中华民国”的信了。但是当她把耳朵贴在门框上去听的时候，她断定他是睡着了，于是她就说：“他是睡着了，让他多睡一会吧。”带着客人，一面说话一面回到正房去了。

厨子给老爷送饭的时候，一开门，那满屋子的蓝烟，就从门口跑了出来。往地上一看，耿大先生就在火盆旁边卧着，一只手按着自己的胸口，好像是在睡觉，又好像还有许多话没有说出来似的。

耿大先生被炭烟熏死了。

外边凉亭四角的铃子还在咯棱咯棱地响着。

因为今天起了一点小风，说不定一会工夫还要下清雪的。

一九四一，三，二十六

小城三月

一

三月的原野已经绿了，像地衣那样绿，透出在这里，那里。郊原上的草，是必须转折了好几个弯儿才能钻出地面的，草儿头上还顶着那胀破了种粒的壳，发出一寸多高的芽子，欣幸地钻出了土皮。放牛的孩子在掀起了墙脚下面的瓦时，找到了一片草芽了，孩子们回到家里告诉妈妈，说：“今天草芽出土了！”妈妈惊喜地说：“那一定是向阳的地方！”抢根菜的白色的圆石似的籽儿在地上滚着，野孩子一升一斗地在拾着。蒲公英发芽了，羊咩咩的叫，乌鸦绕着杨树林子飞。天气一天暖似一天，日子一寸一寸的都有意思。杨花满天照地飞，像棉花似的。人们出门都是用手捉着，杨花挂着他了。

草和牛粪都横在道上，放散着强烈的气味。远远的有用石子打船的声音。“空空……”的大声传来。

河冰发了，冰块顶着冰块，苦闷的又奔放地向下流。乌鸦站在冰块上寻觅小鱼吃，或者是还在冬眠的青蛙。

天气突然的热起来，说是“二八月，小阳春”，自然冷天气要来的，但是这几天可热了。春带着强烈的呼唤从这头走到那头……

小城里被杨花给装满了，在榆树钱还没变黄之前，大街小巷到处飞着，像纷纷落下的雪块……

春来了。人人像久久等待着一个大暴动，今天夜里就要举行，人人带着犯罪的心情，想参加到解放的尝试……春吹到每个人的心坎，带着呼唤，带着蛊惑……

我有一个姨，和我的堂哥哥大概是恋爱了。

姨母本来是很近的亲属，就是母亲的姊妹。但是我这个姨，她不是我的亲姨，她是我的继母的继母的女儿。那么她可算与我的继母有点血统的关系了，其实也是没有的。因为我这个外祖母是在已经做了寡妇之后才来到我外祖父家，翠姨就是这个外祖母原来在另外一家所生的女儿。

翠姨还有一个妹妹，她的妹妹小她两岁，大概是十七八岁，那么翠姨也就是十八九岁了。

翠姨生得并不是十分漂亮，但是她长得窈窕，走起路来沉静而且漂亮，讲起话来清楚的带着一种平静的感情。她伸手拿樱桃吃的时候，好像她的手指尖对那樱桃十分可怜的样子，她怕把它触坏了似的轻轻的捏着。

假若有人在她的背后唤她一声，她若是正在走路，她就会停下了；若是正在吃饭，就要把饭碗放下，而后把头向着自己的肩膀转过去，而全身并不大转，于是她自觉地闭合着嘴唇，像是有什么要说而一时说不出来似的……

而翠姨的妹妹，忘记了她叫什么名字，反正是一个大说大笑的，不十分修边幅，和她的姐姐全不同。花的绿的，红的紫的，只要是市上流行的，她就不大加以选择，做起一件衣服来赶快就穿在身上。穿上了而后，到亲戚家去串门，人家恭维她的衣料怎样漂亮的时候，她总是说，和这完全一样的，还有一件，她给了她的姐姐了。

我到外祖父家去，外祖父家里没有像我一般大的女孩子陪着我玩，所以每当我去，外祖母总是把翠姨喊来陪我。

翠姨就住在外祖父的后院，隔着一道板墙，一招呼，听见就来了。

外祖父住的院子和翠姨住的院子，虽然只隔一道板墙，但是却没有门可通，所以还得绕到大街上去从正门进来。

因此有时翠姨先来到板墙这里，从板墙缝中和我打了招呼，而后回到屋去装饰了一番，才从大街上绕了个圈来她母亲的家里。

翠姨很喜欢我。因为我在学堂里念书，而她没有，她想什么事我都比她明白。所以，她总是有许多事务同我商量，看看我的意见如何。

到夜里，我住在外祖父家里了，她就陪着我也住下的。

每每睡下就谈，谈过了半夜，不知为什么总是谈不完……

开初谈的是衣服怎么穿，穿什么样的颜色，穿什么样的料子。比如走路应该快或是应该慢。有时，白天里她买了一个别针，到夜里她拿出来看看，问我这别针到底是好看或是不好看。那时候，大概是十五年前的时候，我们不知城外如何装扮一个女子，而在这个城里，几乎个个都有一条宽大的绒绳结的披肩，蓝的紫的，各色的都有，但最多多不过枣红色的。几乎在街上所见的都是枣红色的大披肩了。

哪怕红的绿的那么多，但总没有枣红色的最流行。

翠姨的妹妹有一张，翠姨有一张，我的所有的同学，几乎每人都有一张。就连素不考究的外祖母的肩上也披着一张，只不过披的是蓝色的，没有敢用最流行的枣红色的就是了。因为她总算年纪大了一点，对年青人让了一步。

还有那时候都流行穿绒绳鞋，翠姨的妹妹就赶快的买了穿上，因为她那个人很粗心大意，好坏她不管，只是人家有她也有，别人是人穿衣裳，而翠姨的妹妹就好像被衣服所穿了似的，芜芜杂杂。但永远合乎着应有尽有的原则。

翠姨的妹妹的那绒绳鞋，买来了，穿上了。在地板上跑着，不大一会工夫，那每只鞋脸上系着的一只毛球，竟有一个毛球已经离开了鞋子，向上跳着，只还有一根绳连着，不然就要掉下来了。很好玩的，好像一颗大红枣被系到脚上去了。因为她的鞋子也是枣红色的。大家都在嘲笑她的鞋子一买回来就坏了。

翠姨，她没有买，也许她心里边早已经喜欢了，但是看上去她都像反对似的，好像她都不接受。

她必得等到许多人都开始采办了，这时候，看样子她才稍稍有些动心。

好比买绒绳鞋，夜里她和我谈话问过我的意见，我也说是好看的，我有很多的同学她们也都买了绒绳鞋。

第二天翠姨就要求我陪着她上街，先不告诉我去买什么，进了铺子选了半天别的，才问到我绒绳鞋。

走了几家铺子，都没有，都说是已经卖完了。我晓得店铺的人是这样瞎说的，表示他家这店铺平常总是最丰富的，只恰巧你要的这件东西，他就没有了。我劝翠姨说，咱们慢慢地走，别家一定会有的。

我们坐马车从街梢上的外祖父家来到街中心的。

见了第一家铺子，我们就下了马车。不用说，马车我们已经是付过了价钱的。等我们买好了东西回来的时候，会另外叫一辆的，因为我们不知道要等多久。

大概看见什么好，虽然不需要也要买点，或是东西已经买全了，不必要再多流连，也要流连一会，或是买东西的目的，本来只在一双鞋，而结果鞋子没有买到，反而罗里罗嗦地买回来许多用不着的东西。

这一天，我们辞退了马车，进了第一家店铺。

在别的大城市里没有这种情形，而在我家乡里往往是这样，坐了马车，虽然是付过了钱，让他自由去兜揽生意，但他常常还仍旧等候在铺子的门外。等一出来，他仍旧请你坐他的车。

我们走进第一个铺子，一问没有。于是就看了些别的东西，从绸缎看到呢绒，从呢绒再看到绸缎，布匹根本不看的，并不像母亲们进了店铺那样子。这个买去做被单，那个买去做棉袄的，因为我们管不了被单棉袄的事。母亲们一月不进店铺，一进店铺又是这个便宜应该买，那个不贵，也应该买。比方一块在夏天才用得着的花洋布，母亲们冬天里就买起来了，说是趁着便宜多买点，总是用得着的。而我们就不然了，我们是天天进店铺的，天天搜寻些个是好看的，是贵的值钱的，平常时候绝对的用不到想不到的。

那一天我们就买了许多花边回来，钉着光片的，带着琉璃的。说不上要做什么样的衣服才配得着这种花边。也许根本没有想到做衣服，就贸然地把花边买下了。一边买着，一边说好，翠姨说好，我也说好。到了后来，回到家里，当众打开了让大家批判，这个一言，那个一语，让大家说得也有点没有主意了，心里已经五六分空虚了。于是赶快地收拾了起来，或者从别人的手中夺过来，把它包起来，说她们不识货，不让她们看了。

勉强说着：

“我们要做一件红金丝绒的袍子，把这个黑琉璃边镶上。”

或是：

“这红的我们送人去……”

说虽仍旧如此说，心里已经八九分空虚了，大概是这些所心爱的，从此就不会再出头露面的了。

在这小城里，商店究竟没有多少，到后来又加上看不到绒绳鞋，心里着急，也许跑得更快些。不一会工夫，只剩了三两家了。而那三两家，又偏偏是不常去的，铺子小，货物少。想来它那里也是一定不会有的了。

我们走进一个小铺子里去，果然有三四双，非小即大，而且颜色都不好看。

翠姨有意要买，我就觉得奇怪，原来就不十分喜欢，既然没有好的，又为什么要买呢？让我说着，没有买成，回家去了。

过了两天，我把买鞋子这件事情早就忘了。

翠姨忽然又提议要去买。

从此我知道了她的秘密，她早就爱上了那绒绳鞋了，不过她没有说出来就是了。她的恋爱的秘密就是这样子的。她似乎要把它带到坟墓里去，一直不要说出口，好像天底下没有一个人值得听她的告诉……

在外边飞着漫天大雪，我和翠姨坐着马车去买绒绳鞋。我们身上围着皮褥子，赶车的车夫高高地坐在车夫台上，摇晃着身子，唱着沙哑的山歌："喝咧咧……"耳边风呜呜地啸着，从天上倾下来的大雪，迷乱了我们的眼睛，远远的天隐在云雾里，我默默的祝福翠姨快快买到可爱的绒绳鞋，我从心里愿意她得救……

市中心远远的朦朦胧胧地站着，行人很少，全街静悄无声。我们一家挨一家地问着，我比她更急切，我想赶快买到吧，我小心地盘问着那些店员们，我从来不放弃一个细微的机会，我鼓励翠姨，没有忘记一家。使她都有点儿诧异，我为什么忽然这样热心起来。但是我完全不管她的猜疑，我不顾一切地想在这小城里面，找出一双绒绳鞋来。

只有我们的马车，因为载着翠姨的愿望，在街上奔驰得特别得清醒，又特别的快。雪下的更大了，街上什么人都没有了，只有我们两个人，催着车夫，跑来跑去。一直到天都很晚了，鞋子没有买到。翠姨深深的看到我的眼睛说："我的命，不会好的。"我很想装出大人的样子，来安慰她，但是没有等到找出什么适当的话来，泪便流出来了。

二

翠姨以后也常来我家住着，是我的继母把她接来的。

因为她的妹妹订婚了，怕是她一旦的结了婚，忽然会剩下她一个人来，使她难过。因为她的家里并没有多少人，只有她的一个六十多岁的老祖父，再就是一个也是寡妇的伯母，带一个女儿。

堂妹妹本该在一起玩耍解闷的，但是因性格的相差太远，一向是水火不同炉地过着日子。

她的堂妹妹，我见过，永久是穿着深色的衣裳，黑黑的脸。一天到晚陪着母亲坐在屋子里。母亲洗衣裳，她也洗衣裳；母亲哭，她也哭。也许她帮着母亲哭她死去的父亲，也许哭的是她们的家穷。那别人就不晓得了。

本来是一家的女儿，翠姨她们两姊妹却像有钱的人家的小姐，而那个堂妹妹，看上去却像乡下丫头。这一点，使她得到常常到我们家里来住的权利。

她的亲妹妹订婚了，再过一年就出嫁了。在这一年中，妹妹大大的阔气了起来，因为婆家那方面一订了婚就送来了聘礼。这个城里，从前不用大洋票，而用的是广信公司出的帖子，一百吊一千吊的论。她妹妹的聘礼大概是几万吊，所以她忽然不得了起来，今天买这样，明天买那样，花别针一个又一个的，丝头绳一团一团的，带穗的耳坠子，洋手表，样样都有了。每逢上街的时候，她和她姐姐一道，现在总是她付车钱了。她的姐姐要付，她却百般的不肯，有时当着人面，姐姐一定要付，妹妹一定不肯，结果闹得很窘，姐姐无形中觉得一种权利被人剥压了。

但是关于妹妹的订婚，翠姨一点也没有羡慕的心理。妹妹未来的丈夫，她是看过的，没有什么好看，很高，穿着蓝袍子黑马褂，好像商人，又像一个小土绅士。又加上翠姨太年青了，想不到什么丈夫，什么结婚。

因此，虽然妹妹在她的旁边一天比一天丰富起来，妹妹是有钱了，但是妹妹为什么有钱的，她没有考查过。

所以当妹妹尚未离开她之前，她绝对的没有重视“订婚”的事。

不过她常常地感到寂寞。她和妹妹出来进去的，因家庭环境孤寂，竟好像一对双生子似的，而今去了一个。不但翠姨自己觉得单调，就是她的祖父也觉得她可怜。

所以自从她的妹妹嫁了人，她就不大回家，总是住在她的母亲的家里。有时我的继母也把她接到我们家里。

翠姨非常聪明，她会弹大正琴，就是前些年所流行在中国的一种日本琴。她还会吹箫或是会吹笛子。不过弹那琴的时候却很多。住在我家里的时候，我家的伯父，每在晚饭之后必同我们玩这些乐器的。笛子，箫，日本琴，风琴，月琴，还有什么打琴。真正的西洋的乐器，可一样也没有。

在这种正玩得热闹的时候，翠姨也来参加了。翠姨弹了一个曲子，和我们大家立刻就配合上了。于是大家都觉得在我们那已经天天闹熟了的老调子之中，又多了一个新的花样。于是立刻我们就加倍的努力，正在吹笛子的把笛子吹得特别响，把笛膜震抖得似乎就要爆炸了似的，滋滋的叫着。十岁的弟弟在吹口琴，他摇着头，好像要把那口琴吞下去似的，至于他吹的是什么调子，已经是没有人留意了。在大家忽然来了勇气的时候，似乎只需要这种胡闹。

而那按风琴的人，因为越按越快，到后来也许是已经找不到琴键了，只是那踏脚板越踏越快，踏得呜呜的响，好像有意要毁坏了那风琴，而想把风琴撕裂了一般的。

大概所奏的曲子是“梅花三弄”，也不知道接连的弹过了多少圈，看大家的意思都不想要停下来。不过到了后来，实在是气力没有了，找不着拍子的找不着拍子，跟不上调的跟不上调，于是在大笑之中，大家停下来了。

不知为什么，在这么快乐的调子里边，大家都有点伤心，也许是乐极生悲了，把我们都笑得流着眼泪，一边还笑。

正在这时候，我们往门窗处一看，我的最小的小弟弟，刚会走路，他也背着一个很大的破手风琴来参加了。

谁都知道，那手风琴从来也不会响的。把大家笑死了。在这回得到了快乐。

我的哥哥（伯父的儿子，钢琴弹得很好）吹箫吹得最好，这时候他放下了箫，对翠姨说："你来吹吧！"翠姨却没有言语，站起身来，跑到自己的屋子去了，我的哥哥好久好久的看住那帘子。

三

翠姨在我家，和我住一个屋子。月明之夜，屋子照得通亮。翠姨和我谈话，往往谈到鸡叫，觉得也不过刚刚才半夜。

鸡叫了，才说："快睡吧，天亮了。"

有的时候，一转身，她又问我：

"是不是一个人结婚太早不好，或许是女孩子结婚太早是不好的！"

我们以前谈了很多话，但没有谈到这些。

总是谈什么，衣服怎样穿，鞋子怎样买，颜色怎样配；买了毛线来，这毛线应该打个什么样的花纹；买了帽子来，应该批判这帽子还微微有缺点，这缺点究竟在什么地方，虽然说是不要紧，或者是一点关系也没有，但批评总是要批评的。

有时冉谈得远一点，就表姊表妹之类订了婆家，或什么亲戚的女儿出嫁了，或是什么耳闻的，听说的，新娘子和新姑爷闹别扭之类。

那个时候，我们的县里早就有了洋学堂了。小学好几个，大学没有。只有一个男子中学，往往成为谈论的目标。谈论这个，不单是翠姨，外祖母、姑姑、姐姐之类，都愿意讲究这当地中学的学生。因为他们一切洋化，穿着裤子，把裤腿卷起来一寸，一张口，“格得毛宁”外国语，他们彼此一说话就“答答答”，听说这是什么俄国话。而更奇怪的是他们见了女人不怕羞。这一点，大家都批评说是不如从前了。从前的书生，一见了女人脸就红。

我家算是最开通的了。叔叔和哥哥他们都到北京和哈尔滨那些大地方去读书了，他们开了不少的眼界。回到家里来，大讲他们那里都是男孩子和女孩子同学。

这一题目，非常的新奇，开初都认为这是造了反。后来因为叔叔也常和女同学通信，因为叔叔在家庭里是有点地位的人。并且父亲从前也加入过国民党，革过命，所以这个家庭都“咸与维新”起来。

因此在我家里，一切都是很随便的，逛公园，正月十五看花灯，都是不分男女，一齐去。

而且我家里设了网球场，一天到晚打网球，亲戚家的男孩子来了，我们也一齐的打。

这都不谈，仍旧来谈翠姨。

翠姨听了很多的故事。关于男学生结婚的事情，就是我们本县里，已经有几件事情不幸的了。有的结婚了，从此就不回家了；有的娶来了太太，把太太放在另一间屋子里住着，而且自己却永久住在书房里。

每逢讲到这些故事时，多半别人都是站在女的一边，说那男子都是念书念坏了，一看了那不识字的又不是女学生之类就生气，觉得处处都不如他。天天总说婚姻不自由。可是自古至今，都是爹许娘配的，偏偏到了今天，都要自由。看吧，这还没有自由呢，就先来了花头故事了，娶了太太的不回家，或是把太太放在另一个屋子里。这些都是念书念坏了的。

翠姨听了许多别人家的评论。大概她心里边也有些不平，她就问我不读书是不是很坏的，我自然说是很坏的。而且她看了我们家里男孩子、女孩子通通到学堂去念书的。而且我们亲戚家的孩子也都是读书的。

因此她对我很佩服，因为我是读书的。

但是不久，翠姨就订婚了。就是她妹妹出嫁不久的事情。

她的未来的丈夫，我见过，在外祖父的家里。人长得又矮又小，穿一身蓝布棉袍子，黑马褂，头上戴一顶赶大车的人所戴的四耳帽子。

当时翠姨也在的，但她不知道那是她的什么人，她只当是那里来了这样一位乡下的客人。外祖母偷着把我叫过去，特别告诉了我一番，这就是翠姨将来的丈夫。

不久翠姨就很有钱。她的丈夫的家里，比她妹妹丈夫的家里还更有钱得多。婆婆也是个寡妇。守着个独生的儿子。

儿子才十七岁，是在乡下的私学馆里读书。

翠姨的母亲常常替翠姨解说，人小点不要紧，岁数还小呢，再长上两三年两个人就一般高了。劝翠姨不要难过，婆家有钱就好的。聘礼的钱十多万都交过来了，而且就由外祖母的手亲自交给了翠姨；而且还有别的条件保障着，那就是说，三年之内绝对不准娶亲，藉着男的一方面年纪太小为辞，翠姨更愿意远远的推着。

翠姨自从订婚之后，是很有钱的了，什么新样子的东西一到，虽说不是一定抢先去买了来，总是过不了多久，箱子里就要有的了。那时候夏天最流行银灰色市布大衫，而翠姨穿起来最好，因为她有好几件，穿过两次不新鲜就不要了，就只在家里穿，而出门就又去做一件新的。

那时候正流行着一种长穗的耳坠子，翠姨就有两对：一对红宝石的，一对绿的。而我的母亲才能有两对，而我才有一对。可见翠姨是顶阔气的了。

还有那时候就已经开始流行高跟鞋了。可是在我们本街上却不大有人穿，只有我的继母早就开始穿，其余就算是翠姨。并不是一定因为我的母亲有钱，也不是因高跟鞋一定贵，只是女人们没有那么摩登的行为，或者说她们不很容易接受新的思想。

翠姨第一天穿起高跟鞋来，走路还很不安定，但到第二天就比较的习惯了。到了第三天，就说以后，她就是跑起来也是很平稳的，而且走路的姿态更加可爱了。

我们有时也去打网球玩玩，球撞到她脸上的时候，她才用球拍遮了一下，否则她半天也打不到一个球。因为她一上了场站在白线上就是白线上，站在格子里就是格子里，她根本不动。有的时候她竟拿着网球拍子站着一边去看风景去了。尤其是大家打完了网球，吃东西的吃东西去了，洗脸的洗脸去了。惟有她一个人站在短篱前面，向着远远的哈尔滨市影痴望着。

有一次我同翠姨一同去做客。我继母的族中娶媳妇。她们是八旗人，也就是满人，满人才讲究场面呢，所有的族中的年青的媳妇都必得到场，而且个个打扮得如花似玉。似乎咱们中国的社会，是没这么繁华的社交的场面的，也许那时候，我是小孩子，把什么都看得特别繁华。就只说女人们的衣服吧，就个个都穿得和现在西洋女人在夜总会里边那么庄严，一律都穿着绣花大袄。而她们是八旗人，大袄的襟下一律的没有开口，而且很长。大袄的颜色枣红的居多，绛色的也有，玫瑰紫色的也有。而那上边绣的花色，有的荷花，有的玫瑰，有的松竹梅，一句话，特别的繁华。

她们的脸上，都擦着白粉，她们的嘴上都染得桃红。

每逢一个客人到了门前，她们是要列着队出来迎接的，她们都是我的舅母，一个一个的上前来问候了我和翠姨。

翠姨早就熟识她们的，有的叫表嫂子，有的叫四嫂子。

而在我，她们就都是一样的，好像小孩子的时候，所玩的用花纸剪的纸人，这个和那个都是一样，完全没有分别。都是花缎袍子，都是白白的脸，都是很红的嘴唇。

就是这一次，翠姨出了风头了，她进到屋里，靠着一张大镜子旁坐下了。女人们就忽然都上前来看她，也许她从来没有这么漂亮过，今天把别人都惊住了。

依我看，翠姨还没有她从前漂亮呢，不过她们说翠姨漂亮得像棵新开的腊梅。翠姨从来不搽胭脂的，而那天又穿了一件为着将来做新娘子而准备的蓝色缎子满是金花的夹袍。

翠姨让她们围起看着，难为情了起来，站起来想要逃掉似的，迈着很勇敢的步子，茫然地往里边的房间里闪开了。

谁知那里边就是新房呢，于是许多的嫂嫂就哗然地叫着，说：

“翠姐姐不要急，明年就是个漂亮的新娘子，现在先试试去。”

当天吃饭饮酒的时候，许多客人从别的屋子来呆呆地望着翠姨。翠姨举着筷子，似乎是在思量着，保持着镇静的态度，用温和的眼光看着她们。仿佛她不晓得人们专门在看着她似的。但是别的女人们羡慕了翠姨半天了，脸上又都突然的冷落起来，觉得有什么话要说，又都没有说，然后彼此对望着，笑了一下，吃菜了。

四

有一年冬天，刚过了年，翠姨就来到了我家。

伯父的儿子——我的哥哥，就正在我家里。

我的哥哥，人很漂亮，很直的鼻子，很黑的眼睛，嘴也好看，头发也梳得好看，人很长，走路很爽快。大概在我们所有的家族中，没有这么漂亮的人物。

冬天，学校放了寒假，所以来我们家里休息。大概不久，学校开学就要上学去了。哥哥是在哈尔滨读书。

我们的音乐会，自然要为这新来的角色而开了。翠姨也参加的。

于是非常的热闹，比方我的母亲，她一点也不懂这行，但是她也列了席，她坐在旁边观看。连家里的厨子，女工，都停下了工作来望着我们，似乎他们不是听什么乐器，而是在看人。我们聚满了一客厅。这些乐器的声音，大概很远的邻居都可以听到。

第二天邻居来串门的，就说：

“昨天晚上，你们家又是给谁祝寿？”

我们就说，是欢迎我们的刚到的哥哥。因此，我们家是很好玩的，很有趣的。不久，就来到了正月十五看花灯的时节了。

我们家里自从父亲维新革命，总之在我们家里，兄弟姊妹，一律相待，有好玩的就一齐玩，有好看的就一齐去看。

伯父带着我们，哥哥、弟弟、姨……共八九个人，在大月亮地里往大街里跑去了。那路之滑，滑得不能站脚，而且高低不平。他们男孩子们跑在前面，而我们因为跑得慢就落了后。

于是那在前边的他们回头来嘲笑我们，说我们是小姐，说我们是娘娘，说我们走不动。

我们和翠姨早就连成一排向前冲去，但是，不是我倒，就是她倒，到后来还是哥哥他们一个一个地来扶着我们。说是扶着，未免的太示弱了，也不过就是和他们连成一排向前进着。

不一会到了市里，满路花灯，人山人海。又加上狮子，旱船，龙灯，秧歌，闹得眼也花起来，一时也数不清多少玩艺，哪里会来得及看，似乎只是在眼前一晃就过去了。而一会别的又来了，又过去了。其实也不见得繁华得多么不得了，不过觉得世界上是不会比这个再繁华的了。

商店的门前，点着那么大的火把，好像热带的大椰子树似的，一个比一个亮。

我们进了一家商店，那是父亲的朋友开的。他们很好的招待我们，茶，点心，橘子，元宵。我们哪里吃得下去，听到门外一打鼓，就心慌了。而外边鼓和喇叭又那么多，一阵来了，一阵还没有去远，一阵又来了。

因为城本来是不大的，有许多熟人也都是来看灯的，都遇到了。其中我们本城里的在哈尔滨念书的几个男学生，他们也来看灯了。哥哥都认识他们。我也认识他们，因为这时候我到哈尔滨念书去了，所以一遇到了我们，他们就和我们在一起。他们出去看灯，看了一会，又回到我们的地方，和伯父谈话，和哥哥谈话。我晓得他们，因我们家比较有势力，他们是很愿和我们讲话的。

所以回家的一路上，又多了两个男孩子。

无管人讨厌不讨厌，他们穿的衣服总算都市化了。个个都穿着西装，戴着呢帽，外套都是到膝盖的地方，脚下很利落清爽。比起我们城里的那种怪样子的外套，好像大棉袍子似的，好看得多了。而且颈间又都束着一条围巾，那围巾自然也是全丝全棉的花纹，似乎一束起那围巾来，人就更显得庄严，漂亮。

翠姨觉得他们个个都很好看。

哥哥也穿的西装，自然哥哥也很好看。因此在路上她直在看哥哥。

翠姨梳头梳得是很慢的，必定梳得一丝不乱，搽粉也要搽了洗掉，洗掉再搽，一直搽到认为满意为止。花灯节的第二天早晨，她就梳得更慢，一边梳头一边在思量。本来按规矩每天吃早饭必得三请两请才能出席，今天必得请到四次，她才来了。

我的伯父当年也是一位英雄，骑马、打枪绝对的好。后来虽然已经五十岁了，但是风采犹存。我们都爱伯父的，伯父从小也就爱我们。诗，词，文章，都是伯父教我们的。翠姨住在我们家里，伯父也很喜欢翠姨。今天早饭已经开好了。催了翠姨几次，翠姨总是不出来。

伯父说了一句：“林黛玉……”

于是我们全家的人都笑了起来。

翠姨出来了，看见我们这样的笑，就问我们笑什么。我们没有人肯告诉她。翠姨知道一定是笑的她，她就说：

“你们赶快地告诉我，若不告诉我，今天我就不吃饭了。你们读书识字，我不懂，你们欺侮我……”

闹嚷了很久，是我的哥哥讲给她听了。伯父当着自己的儿子面前到底有些难为情，喝了好些酒，总算是躲过去了。

翠姨从此想到了念书的问题，但是她已经二十岁了，哪里去念书？上小学，没有她这样大的学生，上中学，她是一字不识。怎么可以？所以仍旧住在我们家里。

弹琴，吹箫，看纸牌，我们一天到晚地玩着。我们玩的时候全体参加，我的伯父，我的哥哥，我的母亲。

翠姨对我的哥哥没有什么特别的好，我的哥哥对翠姨就像对我们，也是完全的一样。

不过哥哥讲故事的时候，翠姨总比我们留心听些，那是因为她的年龄稍稍比我们大些，当然在理解力上，比我们更接近一些哥哥的了。哥哥对翠姨比对我们稍稍的客气一点。他和翠姨说话的时候，总是“是的”“是的”的，而和我们说话则“对啦”“对啦”。这显然因为翠姨是客人的关系，而且在名分上比他大。

不过有一天晚饭之后，翠姨和哥哥都没有了。每天饭后大概总要开个音乐会的。这一天，也许因为伯父不在家，没有人领导的缘故，大家吃过也就散了，客厅里一个人也没有。我想找弟弟和我下一盘棋，弟弟也不见了。于是我就一个人在客厅里按起风琴来，玩了一下，也觉得没有趣。客厅是静得很的，在我关上了风琴盖子之后，我就听见了在后屋里，或者在我的房子里是有人的。

我想一定是翠姨在屋里。快去看看她，叫她出来张罗着看纸牌。

我跑进去一看，不单是翠姨，还有哥哥陪着她。

看见了我，翠姨就赶快地站起来说：

“我们去玩吧。”

哥哥也说：

“我们下棋去，下棋去。”

他们出来陪我来玩棋，这次哥哥总是输，从前是他回回赢我。我觉得奇怪，但是心里高兴极了。

不久寒假终了，我就回到哈尔滨的学校念书去了。可是哥哥没有同来，因为他上半年生了点病，曾在医院里休养了一些时候，这次伯父主张他再请两个月的假，留在家里。

以后家里的事情，我就不大知道了。都是由哥哥或母亲讲给我听的。我走了以后，翠姨还住在我家里。

后来母亲告诉过，就是在翠姨还没有订婚之前，有过这样一件事情。我的族中有一个小叔叔，和哥哥一般大的年纪，说话口吃，没有风采，也是和哥哥在一个学校里读书。虽然他也到我们家里来过，但怕翠姨没有见过。那时外祖母就主张给翠姨提婚。那族中的祖母一听就拒绝了，说是寡妇的孩子，命不好，也怕没有家教，何况父亲死了，母亲又出嫁了，好女不嫁二夫郎，这种人家的女儿，祖母不要。但是我母亲说，辈分合，他家还有钱，翠姨过门是一品当朝的日子，不会受气的。

这件事情翠姨是晓得的，而今天又见了我的哥哥，她不能不想哥哥大概是那样看她的。她自觉的觉得自己的命运不会好的。现在翠姨自己已经订了婚，是一个人的未婚妻。二则她是出了嫁的寡妇的女儿，她自己一天把这背了不知有多少遍，她记得清清楚楚。

五

翠姨订婚，转眼三年了，正这时，翠姨的婆家，通了消息来，张罗要娶。她的母亲来接她回去整理嫁妆。

翠姨一听就得病了。

但没有几天，她的母亲就带着她到哈尔滨办嫁妆去了。

偏偏那带着她采办嫁妆的向导，又是哥哥介绍来的他的同学。他们住在哈尔滨的秦家岗上，风景绝佳，是洋人最多的地方。那男学生们的宿舍里边，有暖气，洋床。翠姨带着哥哥的介绍信，像一个女同学似的被他们招待着。又加上已经学了俄国人的规矩，处处尊重女子。所以翠姨当然受了他们不少的尊敬，请她吃大菜，请她看电影。坐马车的时候，上车让她先上，下车的时候，人家扶她下来。她每一动别人都为她服务。外套一脱，就接过去了；她刚一表示要穿外套，就给她穿上了。

不用说，买嫁妆她是不痛快的，但那几天，她总算一生中最开心的时候。

她觉得到底是读大学的人好，不野蛮，不会对女人不客气，绝不能像她的妹夫常常打她的妹妹。

经这到哈尔滨去一买嫁妆，翠姨就不愿意出嫁了。她一想那个又丑又小的男人，她就恐怖。

她回来的时候，母亲又接她到我们家来住着，说她的家里又黑，又冷，说她太孤单可怜。我们家是一团和气的。

到了后来，她的母亲发现她对于出嫁太不热心，该剪裁的衣裳，她不去剪裁。有一些零碎还要去买的，她也不去买。

做母亲的总是常常要加以督促，后来就要接她回去，接到她的身边，好随时提醒她。她的母亲以为年青的人必定要随时提醒的，不然总是贪玩。而况出嫁的日子又不远了，或者就是二三月。

想不到外祖母来接她的时候，她从心里的不肯回去，她竟很勇敢地提出来她要读书的要求。她说她要念书，她想不到出嫁。

开初外祖母不肯，到后来，她说若是不让她读书，她是不出嫁的。外祖母知道她的心情，而且想起了很多可怕的事情……

外祖母没有办法，依了她。给她在家里请了一位老先生，就在自己家院子的空房子里边摆上了书桌，还有几个邻居家的姑娘，一齐念书。

翠姨白天念书，晚上回到外祖母家。

念了书，不多日子，人就开始咳嗽，而且整天的闷闷不乐。她的母亲问她，有什么不如意？陪嫁的东西买得不顺心吗？或者是想到我们家去玩吗？什么事都问到了。

翠姨摇着头不说什么。

过了一些日子，我的母亲去看翠姨，带着我的哥哥，他们一看见她，第一个印象，就觉得她苍白了不少。而且母亲断言地说，她活不久了。

大家都说是念书累的，外祖母也说是念书累的，没有什么要紧的。要出嫁的女儿们，总是先前瘦的，嫁过去就要胖了。

而翠姨自己则点点头，笑笑，不承认，也不加以否认。还是念书，也不到我们家来了，母亲接了几次，也不来，回说没有工夫。

翠姨越来越瘦了，哥哥去到外祖母家看了她两次，也不过是吃饭，喝酒，应酬了一番，而且说是去看外祖母的。在这里，年青的男子去拜访年青的女子，是不可以的。哥哥回来也并不带回什么欢喜或是什么新奇的忧郁，还是照样和我们打牌下棋。

翠姨后来支持不了啦，躺下了，她的婆婆听说她病了，就要娶她，因为花了钱，死了不是可惜了吗？这一种消息，翠姨听了病就更加严重。婆家一听她病重，立刻要娶她。因为在迷信中有这样一章：病新娘娶过来一冲，就冲好了。翠姨听了，就只盼望赶快死，拼命地糟蹋自己的身体，想死得越快一点儿越好。

母亲记起了翠姨，叫哥哥去看翠姨。是我的母亲派哥哥去的。母亲拿了一些钱让哥哥给翠姨送去，说是母亲送她在病中随便买点什么吃的。母亲晓得他们年青人是很拘泥的，或者不好意思去看翠姨，也或者翠姨是很想看他的，他们好久不能看见了。同时翠姨不愿意出嫁，母亲很久的就在心里猜疑着他们了。

男子是不好先去专访一位小姐的，这城里没有这样的风俗。母亲给了哥哥一件礼物，哥哥就可去了。

哥哥去的那天，她家里正没有人，只是她家的堂妹妹迎接着这从未见过的生疏的年青的客人。那堂妹妹还没问清客人的来由，就往外跑，说是去找她们的祖父去，请他等一等。大概她想凡是男客就是来会祖父的。

客人只说了自己的名字，那女孩子连听也没有听就跑出了。

哥哥正想，翠姨在什么地方？或者在里屋吗？翠姨大概听出什么人来了，她就在里边说：

“请进来。”

哥哥进去了，坐在翠姨的枕边，他要去摸一摸翠姨的前额，是否发热，他说：

“好了点吗？”

他刚一伸出手去，翠姨就突然的拉住他的手，而且大声地哭起来了，好像一颗心也哭出来了似的。哥哥没有准备，就很害怕，不知道说什么，做什么。他不知道现在该是保护翠姨的地位，还是保护自己的地位。同时听得见外边已经有人来了，就要开门进来了。一定是翠姨的祖父。

翠姨平静地向他笑着，说：

“你来得很好，一定是姐姐，你的婶母（我的母亲）告诉你来的，我心里永远纪念着她。她爱我一场，可惜我不能去看她了……我不能报答她了……不过我总会记起在她家里的日子的……她待我也许没有什么，但是我觉得已经太好了……我永远不会忘记的……我现在也不知道为什么，心里只想死得快一点就好，多活一天也是多余的……人家也许以为我是任性……其实是不对的。不知为什么，那家对我也会是很好的，但是我不愿意。我小时候，就不好，我的脾气总是不从心的事，我不愿意……这个脾气把我折磨到今天了……可是我怎能从心呢……真是笑话……谢谢姐姐她还惦着我……请你告诉她，我并不像她想的那么苦呢，我也很快乐……”翠姨苦笑了一笑，“我的心里安静，而且我求的我都得到了……”

哥哥茫然的不知道说什么。这时祖父进来了。看了翠姨的热度，又感谢了我的母亲，对我哥哥的降临，感到荣幸。他说请我母亲放心吧，翠姨的病马上就会好的，好了就嫁过去。

哥哥看了看翠姨就退出去了，从此再没有看见她。

哥哥后来提起翠姨常常落泪，他不知翠姨为什么死，大家也都心中纳闷。

尾　声

等我到春假回来，母亲还当我说：

“要是翠姨一定不愿意出嫁，那也是可以的，假如他们当我说。”

…………

翠姨坟头的草籽已经发芽了，一掀一掀的和土粘成了一片，坟头显出淡淡的青色，常常会有白色的山羊跑过。

这时城里的街巷，又装满了春天。

暖和的太阳，又转回来了。

街上有的提着筐子卖蒲公英的了，也有卖小根蒜的了。更有些孩子们，他们按着时节去折了那刚发芽的柳条，正好可以拧成哨子，就含在嘴里满街的吹。声音有高有低，因为哨子有粗有细。

大街小巷到处的呜呜呜，呜呜呜。好像春天是从他们的手里招呼回来了似的。但是这为期甚短。一转眼，吹哨子的不见了。

接着杨花飞起来了，榆钱飘满了一地。

在我的家乡那里，春天是快的。五天不出屋，树发芽了，再过五天不看树，树长叶了，再过五天，这树就像绿得使人不认识它了。使人想，这棵树，就是前天的那棵树吗？自己回答自己，当然是的。春天就像跑着似的那么快。好像人能够看见似的，春天从老远的地方跑来了，跑到这个地方，只向人的耳朵吹一句小小的声音：“我来了呵。”而后很快地就跑过去了。

春，好像它不知道多么忙迫，好像无论什么地方都在招呼它。假若它晚到一刻，太阳会变色的，大地会干成石头，尤其是树木，那真是好像再多一刻工夫也不能忍耐。假若春天稍稍在什么地方流连了一下，就会误了不少的生命。

春天为什么它不早一点来，来到我们这城里多住一些日子，而后再慢慢地到另外的一个城里去，在另外一个城里也多住一些日子。

但那是不能的了，春天的命运就是这么短。

年青的姑娘们，她们三两成双，坐着马车，去选择衣料去了，因为就要换春装了。她们热心地弄着剪刀，打着衣样，想装成自己心中想得出的那么好。她们白天黑夜的忙着，不久春装换起来了，只是不见载着翠姨的马车来。

一九四一，七

红玻璃的故事

一

王大妈是榆树屯子最愉快的老婆子。又爱说话，又爱笑，见了人总是谈闲天，往往谈得耽误了做饭，往往谈得忘记了喂猪。不管是在大门口碰见了屯子里的人，还是到邻居家里去借使唤家具，一谈就没有落尾，一坐下来就挪不开脚步。所以王大妈在榆树屯子里，有个好人缘儿，也正因为有好人缘儿，手里没有几亩地，过的日子反而顺利。不说别的，青黄不接的时候，人家都到城里去借粮，去向外批豆子。而王大妈可不用出屯子，就能东家借两升包米，西家借两升高粱，凑付着过下去了。

自然王大妈家里人口少，除了她自己，跟前只有一个十五岁的男孩子。男孩子名叫王立，他还有个三十岁的姐姐，老早就出阁了，嫁给沙河子刘二虎子家，现在已经是一个七岁女孩子的母亲了。另外他还有一个姐姐，那是王大妈第二个女儿，没满十六岁得干血痨，死掉了。至于王立的父亲，他是从来没有见过的，因为在他临生的那一年，他父亲就到黑河挖金子去了。

王大妈过了十五年寡清的日子，最初还早起夜晚的想，慢慢就逢年过节的想，盼望丈夫能够有个口信。年道久了，王立也长大成人了，王大妈也就习惯这孤寒的日子啦！不再想那个到黑河挖金子的男人了。王大妈为人又很勤谨，又生就一身结实的筋肉，身量又有男人高，腰粗，臂膀壮，有着一双充满生命力的眼睛，和一双能操作的大手；而且胃口也健旺，一吃就是一斤土豆子两碗黄米干饭，所以过得也满幸福。而且王立也能帮助她锄地了，王大妈就不让他雇给外人放牲口了，留在自己身边，帮衬着干活儿。

这天，是九月初三，王大妈的外孙女儿小达儿七岁的生日。王大妈想早收拾收拾东西，到女儿家去走趟亲。因为女婿也到黑河挖金子去了，五年没有个准信，不知是活着呢？还是故世啦！闺女的日子也很孤单。

这天从早晨起，就很冷。屯子里每家茅屋顶上全都铺霜了。王大妈吃早饭时还说："天气变了，咱们得把后院子的白菜，全刨出来！"并且催着王立快吃，谁知吃顿饭的工夫，又出了太阳。

王大妈本来想刨出白菜来渍酸菜的，酸菜缸都刷得干干净净了，又临时变了主意——晒干菜。留着那些没刨出来的，等到走亲回来再渍酸菜。

临走，又预备好猪食，嘱咐王立只烧把火温一温就好了。

“要是天气变了，赶快把晒白菜的席子卷起来，听见没有？你看你那么大了，还有鼻涕，真埋汰死了，快过来，我给你擦擦！”王大妈作着不屑望他的眼神，又说：“真不害羞，那么大了还得我来照料！嗅儿嗤——嗅儿嗤——你看这些鸡，简直是活祖宗。立子！你好好的看着呀！勤谨着一点儿，别让鸡把白菜吃光了！”

“知道呀，你快去吧！”

“你看你……说说你，你还不耐烦了！你看看这些鸡，探着头，伸着脖子，一离眼就跑来了，我可告诉你，别看着看着睡着了。”又小声说，“你知道隔壁老胡家的二媳妇，手可不老实。”

“知道呀，你别蘑菇了！”

“你说谁蘑菇，我没有打你吗？这孩子，越学越不像样儿，谁家有儿子说他妈蘑菇的……你看这些鸡，全是些饥鬼，一天吃三百六十遍也不饱！”

王大妈又嘱咐王立当心着鸡，这才进屋去换衣裳。倒不是为了走亲，要穿的体面点儿，而是防备变天。关外的天气，尤其是秋季子，说不定什么时候刮风，什么时候突然下雨。

王大妈穿了那件丈夫早年在家常穿的棉袍，提着一个红布包袱，就走出满是绿色菜叶子的院子了。院子的土墙极矮，腿长的人能跨过去。

“妈！”

“干什么？”

“你早点回来呀！晚上我一个人怪害怕的！”

“害怕找刘家小牛官做伴好啦！可不许吵架！要是下雾落雨记着多抱几捆柴火。”王大妈说着又想走回来，那神气仿佛说：“还是我先来抱进几捆吧！”

“知道呀，我会抱进去呀！”

“要是晚上我回不来，把酱缸盖上呀！一着露水酱就坏了。”

王大妈到底离开家了，在屯子口又碰见刘大爷。这是一个常常到哈尔滨去卖豆子的贩子，阔背，粗腰，穿着短的皮外套，说话的声音很雄壮。当时，他就笑着叫道：“小寡妇，到哪儿去呀，打扮的这样俏皮！”

“老该死的，驴嘴里就长不出象牙来，都老白了头发啦，还小寡妇呢！去看看我的外孙女呀！你知道，今天是我外孙女的生日哪！当姥姥的也没有什么稀罕的东西，这个年月能走一走就不错了，谁能顾了谁呀！你又该收豆子了吧！什么行市呀？”

“还没有行市呢！咱们屯子里开的价是十六块哈洋一石！你怎么？还有两石卖吗？”

“还有两个金豆粒呀——我不和你闲扯啦！改天再扯吧！”

二

王大妈走出了屯子口才觉得外边的风很大，到底屯子里暖和一些，而且外边风声也很响，比在院心所听见的不同，刮起来，带着一阵阵的叫啸。王大妈的袍子襟儿，都给风吹得一抖一摆的，前襟儿向后卷，后襟儿向前飘，挪步都不便当，索性就卷到腰里，这样更利落。王大妈想：这若是叫自己闺女看见，又该说当妈的没女人气了。不由地笑着，这种微笑，在一个少女走出她的情人家里所有的，低了头，什么也看不见。又想，自己有这么个要强的闺女，真是给做妈的争光，不说别的，一个女人，又没有公婆，又没有家底，有几个叔伯，也早分居了，单人独马挺着过日子，是不容易的。想到这儿，又觉得闺女孤孤单单的，有些可怜。若是自己的日子过得好，王大妈就是一月不走三趟亲，也总能接到家里来住几个月，可是自己的日子也是顶着过，走亲不带着一点儿吃食，来回空着手，还不如不走。想想，又很难过。

车道旁，有屯子里的人在收拾庄稼。王大妈看见一个包着粉红色头巾的少妇，在一辆四轮农车上装豆子捆。她认识：是烧锅家的三媳妇。平常王大妈还看不出她这样能干，两手用二股叉叉着豆秸向车厢里送，车左手就是一个大坟堆似的豆秸垛。两个半老的农妇，站在垛顶上，向车里抛豆子捆，手里也各有两股的草叉。阳光照在车上，豆子垛上，看起来镀金一样，黄澄澄的，不怪妯娌们是忙得那么愉快。

“立子他三婶儿，刮风天也不在家里蹲着呀！”王大妈老远叫道，“怪不得你们是财主哪！勤也不能卖命地干呀！”

那时，被喊着立子他三婶儿的，正向手掌上吐唾沫（这样搓搓手，再握草叉就不燥手了），就说：“外头的人，都向城里送粮去啦！人手不够呀。你提着红包袱做什么呀，又看闺女去吗？”

“通共今年没去两趟，可巧都给你碰见了，五月节去了趟，再没去呢。我也不知道八月节她是怎么过的。我这做妈的攀不得人家，手头紧，自己也顾不了，还有心顾闺女……今天是小达儿的生日哪！就是我们那命根子外孙女儿。或巧，前几天积攒下几个鸡蛋，当姥姥的嘛，还有不亲外孙女儿的！卖舍不得卖，吃舍不得吃，连立子我也不叫他动手，可是闺女还嫌当妈的不像姥姥的样，说我把家啦！说我有东西也舍不得给外孙女儿！”又说，“那是谁呀？是立子他二姑姑从沙河子回来了吗？你们看看，我这眼神，一年不济于一年。”实在，王大妈早就看见是烧锅的三媳妇的小姑了，一时不知怎样回答她的招呼，就这样遮着心眼儿说：“帮着他大娘装豆秸呀！看看你们高高站在垛上的样儿，像是两个女神呢！”谁也没留她多谈一会儿，她尽自说：“我可不能陪着你们妯娌你们姑嫂，扯闲白了，还想傍黑儿赶回来呢！”

“大妈过来吧，抽袋烟再走吧！”

“是不是怕我们吃了你的走亲鸡蛋呀！”

“他二姑姑还说呢，女婿从哈尔滨捎回来的俄国牛奶糖，你就不拿出一块给大妈尝尝！”王大妈笑着说，那种神情像一般拿着真话当玩笑说的人一样，“下一趟女婿若带来稀罕东西，你不送，我就要跑到你那儿去硬讨啦！”

只见站在豆秸垛上那个半老的妇人，高声笑着，她这时候无话可说，你不让她笑，又有什么法子遮羞哪！王大妈也咯咯地笑着：“真得硬讨呀！你说不是吗？他大娘！”她那时向前走了两步，自然眼睛没有注意道路，所以停脚又追问一句，无非想逗引烧锅大媳妇说两句话，显得彼此间有点温暖气。烧锅的大媳妇也仰脸笑着。因为这时起了一阵风，所以王大妈的话声，她倒没听见，至于她的笑因，自然并非由于王大妈的玩笑，而是因为她小姑说：“王大妈活像一个跑关东的山东汉子！”见她的头巾飘抖着，身子斜着，险些给风掀下垛来，就势坐下了，又是一阵笑声。王大妈也笑着，一会儿风势就掀卷着她的头发，红布包袱差点儿给风吹跑，眼睛这才注意到立在路当中的一匹小马，它又畏缩又好奇地站在她面前，很久一会子了，仿佛试探试探这有男人高的老婆儿，有没有驱赶它的胆量一样。可是王大妈现在才注意到，而它一闪身子，就像受惊的小鹿一样跳着跑开去，倒把王大妈惊了一下，走了一段路，心还是跳着。就疑心着，莫不是小达儿家有什么不吉祥？但只一会儿，也就忘记了。

展眼远望，秋末的旷野，散布着几组收庄稼的农人，另外有两条村狗，在右手的高粱垛旁奔跑，仿佛是追逐垛鼠似的，再就是前面路标石，和立在标石旁边的狐仙木板庙。因为庙涂着红颜色，就格外显眼。

在左手一个岔道口上，有着狐仙庙和路标石的大桦树背后，王大妈望见一座新坟，坟周围有一道石栏杆，而且石栏杆的宽大距离间连着一条粗的铁索链。朝南有门，门前又有大的雕石香案，心想：是沙河子屯哪家粮户死了，修坟修的这样讲究？只那七八十斤重的刻花纹的白石香炉，就值一担豆子的钱！走过这座桦树林，就望见岗上的沙河和对岸的沙河子屯了，树木森森，可都是光枝子，即有一两棵树还有几片凋零将坠的叶子，也枯黄得给人一种雪季就要到来的感觉。沙河屯上空的山峦上，霾黑的云块，运动着，而且垂着灰白的雾丝，山顶和山脚，也仿佛蒸发着雾气，和低空垂下的连作一起。王大妈想，也许今天下午要落一场初雪，再不就是临末一场雨。可是南边天空，还是晴的。

在屯子口，王大妈又碰见几个熟人，有一个提着水桶的健壮女子和她打着招呼："看闺女来了！王大妈！"

"拄黑儿他娘呀！您好！"

"怎么没带立子来呀！"

"留着看家呢！你不知道，天天要来，就是抽不出身子，今天是我们外孙女儿过生日，院子里还晒着白菜，就这么撂下，跑来了。"王大妈这次不停脚了，说着话，向前走，实在心太急，普通人们在临到要会面的亲戚家村口，是这样急的，仿佛要早到一步，要早些看到所要看的人，一秒钟都不能等。

拄黑儿他娘是一个寡妇，包着蓝头巾，短褂补着补丁。眼睛可又黑又尖，一边提着水桶起来，一边注意王大妈的红布包袱："立子没有跟着他们到黑河挖金子去？"

"我养了孩子，让他当牛官，也不让他挖金子！别来气我了！挖什么金子，简直是……我真不愿说不吉利话！"

"那可也该要老婆了？"她又望了一下王大妈的红布包袱，实际也不是存什么贪心，不过想知道究竟她给小达儿带来什么礼物而已。

"等长大自己讨吧！我可不能害人家姑娘一辈子，说不定翅膀硬了，远走高飞啦！让我天天看着媳妇难过呀！"

"可也是……"

"你不进来坐呀！"王大妈到了闺女家的土墙门口，站下来说。不想门口对面，茅屋后窗上，探出一个头来，正是小达儿。头发梳得挺光，耳旁的两条辫子垂到肩上，只听她尖声欢叫着："姥姥来了！姥姥来了！"就看不见影子，但还听见她的喊声和奔跑的脚步声，在茅屋前院响。王大妈的眼睛现出愉快的光来，心里骂着这个小蹄子，像她妈做孩子时候一样，乱蹦乱跳的，嘴里却对拄黑儿他妈说："进来坐坐嘛！"实在是说："你走吧！别打搅我了！"

"我还等着回去渣猪食哪！"

可是她手扶着土墙，不打算就走。

那时候，小达儿就跑出茅屋东边的夹道，一见王大妈就扑抱起她的两条腿来了，仰脸望着王大妈，笑着，像我们所常见的孩子，见了亲人不知说什么好，还有点羞哪！不敢看王大妈手里提的红包袱。她的一只小手里，握着红玻璃花筒。

王大妈也没理会小达儿，只用大手捉住她的小手，和拄黑儿的娘说话。拄黑儿他娘说："你们的白菜刨出来啦，我们这边还没有，谁知道霜上的这样早！"

"今年的天气有点不同呀！"王大妈说，心里老是急于早点摆开她。

谈了一会子，拄黑儿他娘终于提着水桶走了。王大妈就抱起小达儿来，夸奖她打扮得漂亮，又摸着小达儿的新衣裳，问是谁给缝的，一边说着话，一边向屋子里走。这时，王大妈的脸上洋溢着幸福的光辉，哪一个姥姥不疼外孙女儿呢！哪一个娘不喜欢自己闺女的孩子呢！亲了又亲，望了又望，就是听不见小达儿的娘在屋里的召唤。

小达儿的娘，和她母亲王大妈一样的健壮，只是脾气不同，见了男人总是一句话也没有，见了女人也不喜欢说笑话。问人家借把扫帚，都羞口，借给人家全部压箱子的首饰，倒挺大方。

当王大妈在墙外和拄黑儿的娘谈天的时候，她就看见是母亲来了，可也没有走出来，倒不是为了做娘的过八月节没来看她而生气，而是因为从早晨巴望到晌正，不见影，心也就烦了，兴致也就没有了，说不出哪里来的激恼。所以只走到门口望了望，又退到厨房烧灶去了。

“召唤你也听不见！”小达儿的娘在房门口迎着王大妈说，“我们娘儿俩等着你来煮面，可倒好面都风干了，才来！”说着话，把红布包接过去，仿佛接过客人一根手杖一样：“进屋坐吧！我还得去烧锅！”

“看看我的闺女呀！大老远来，一进门就给我酸脸子看哪！”王大妈像对别人说话那样高声叫，实在挺高兴，“你可别跟着你妈学呀！小达儿！”

小达儿的娘也不由地笑了：“怪人家小气，光烧锅就烧了三四遍，就等着你来面才落水哪！”

王大妈望着小达儿的娘，是这样清瘦，嘴唇也没有血色，两眼极像她的父亲，心里又一阵难过。脸上却依然装着欢笑，怕自己的闺女在这小达儿的喜日子伤心，像五月节那天，哭的连她自己都流着泪没心劝了。

三

王大妈和小达儿他娘吃了孩子的生日面，谈着家常话，是满愉快，满幸福的。

小达儿她娘告诉王大妈，今年的草，卖价还好，粜了一石包米，能凑付吃着到年底，冬天想请邻居们给挖一个兽窖，说不定能抓个豹子、冬鹿什么的，也好过个富裕年。王大妈就说，明年打算叫立子下庄稼地，已经和刘大爷商量过，托他留心给租两垧土地，那么明年若是自己闺女缺什么，她做娘的就可周济了。

母女俩说得都挺高兴。

那时候小达儿坐在王大妈的膝上，尽自玩着自己心爱的红玻璃花筒。从那三角的筒里，可以望见红绿色珠子的变幻。有时是五角形，有时是八角的花朵，原来花筒是三块红玻璃制成的，那底子里夹的彩珠，给红玻璃反映着，一动就是一种新奇的花纹，一动就是古怪的图案。

王大妈正说："我怕下雨哪！"说话时，望着窗户，不想真的有几滴儿雨点落在窗纸上，小达儿的娘就急忙爬下暖炕，到后院去收拾晒的几件冬季衣裳去了。

王大妈只一个人伏在窗口上，看不见天上的黑云，因为屋子是向南的，南天还是一色秋季有风日子的晴天，和惨淡的夕阳光辉，那光辉越是红，越是觉得惨淡，王大妈想：有雨也不会大。一回脸，就望见蹲在身旁的小达儿。起初，王大妈还笑着说：“你那是玩儿什么呀？拿过来给姥姥看看！”实在她不是不知道红玻璃花筒，正因为太熟悉了，也没有注意。

但当王大妈闭一只眼向里观望时，突然的拿开它。在这一瞬间，她的脸色如对命运有所悟，而且她那两只有生命力的眼睛，是使小达儿那么吃惊。那两道眼光，是直线地注视着小达儿。小达儿的脸色变白，几乎哭起来。

“小达儿！怎么的了？姥姥想什么事情呢？”王大妈立刻自惊地说：“别害怕。”

王大妈失神的那瞬间，想起什么来了呢？想起她自己的童年时代，也曾玩过这红玻璃的花筒。那时她是真纯的一个愉快而幸福的孩子；想起小达儿她娘的孩子时代，同样曾玩儿过这红玻璃花筒，同样走上她做母亲的寂寞而无欢乐的道路。现在小达儿是第三代了，又是玩儿着红玻璃花筒。王大妈觉得她还是逃不出这条可怕的命运的道路吗？——出嫁，丈夫到黑河去挖金子，留下她来过这孤独的一生？谁知道，什么时候，丈夫挖到金子，谁知道什么时候做老婆的能不守空房？

这些是王大妈从来没有仔细想的，现在想起来，开始觉得她是这样孤独，她过的生活是这样可怕，她奇怪自己是终究怎么度过这许多年月的呢！而没有为了柴米愁死，没有为了孤独忧郁死！

四

从沙河子屯走亲回来的王大妈，和以前的王大妈不同了，她已经窥破了命运的奥秘，感觉到穷苦、孤独，而且生活可怕。

在屯口路过那座新坟的时候，她又注视了一下。现在她不是赞美那墓石和香案的讲究，而是想，这里是埋葬着一个什么样的人呢！也许他生前是个阔财主，也许遗留在世上一些叔伯、子孙和亲族，而他自己是解脱了……

王大妈回到榆树屯子三天了。榆树屯子的人从她墙外经过，听不见她的话声了，再也望不见她那充满生命力的眼睛和笑容了，人们还以为王大妈走亲没有回来。

王大妈每天坐在暖炕上，不落地，两只眼睛望着渺茫的前方，仿佛望那远不可及的什么物体，而实在是连窗户和屋壁都没有望见。猪叫的太凄惨了，就叫王立渣猪食儿，肚子饿了，叫王立煮点包米，她自己仿佛牵扯在某种营生倒不出空来。

不久，王大妈犯了病，又咳嗽，又喘哮。王大妈自己知道没有希望了，就把王立叫到跟前，握着王立的手说：“立子，你妈不中了，到沙河子屯叫你姐姐回来一趟吧！”又说：“我若是有那么一天不喘气，你怎么过呢？再没有人疼爱你了，没有人再照顾你穿衣吃饭了！妈活着，还是份人家，妈死了，你怎么过呢？”

王立哭的不能说清楚话：“……别说……妈会好的！”

“立子，记住我的话，我活着是立誓不让你向外跑的，可是妈现在不了……立子，到黑河挖金子去吧！”

王大妈是在这年冬天死的，王大妈死后，王立到底背着小包袱，到黑河挖金子去了。

第二年，春天又来到了榆树屯子。人们照常的耕地、播种。布谷鸟照常地站在树荫下低鸣着，榆树屯子的人们已经忘记了屯口王大妈这份人家。

王大妈那所茅草房屋顶，露天了，像死人袒露着肋骨那样袒露着柱子和椽子。房门还扣着锁，纸窗却破了，能看见露天的暖炕，而且院子生长了一片野草的绿茵。

这年春天依然很暖和。河开冻以后，冰解以后，到处都是流的震耳幽韵，而且窝卵儿——那歌唱春回的北方山国的诗人，也依然在高的晴空，愉快地抖着广播着悦耳的赞美春之诗乐。

清明节，王大妈坟前出现了纸束。有的说是她闺女来过，但没有人看见，也没有人听见过哭声。

王大妈的土坟上，生了初生的艾草和狼尾草，而且一天天蓬茂、繁密起来了。

附：一九四二年冬，为一九四三年一月二十二日萧红逝世一周年忌日追撰。是稿，乃萧红逝前避居香港思豪大酒店之某夜，为余口述者。适英日隔海炮战极烈，然口述者如独处一境，听者亦如身在炮火之外，惜未毕，而六楼中弹焉，轰然之声如身碎骨裂，触鼻皆硫磺气。起避底楼，口述者因而中断，故余追忆止此而已。[①]

① 此段文字为该篇首刊时骆宾基所附。

看风筝

一

拖着鞋，头上没有帽子，鼻涕在胡须上结起网罗似的冰条来，纵横地网罗着胡须。在夜间，在冰雪闪着光芒的时候，老人依着街头电线杆，他的黑色影子缠住电杆。他在想着这样的事：

“穷人活着没有用，不如死了！”

老人的女儿三天前死了，死在工厂里。

老人希望得几个赡养费，他奔波了三天了！拖着鞋奔波，夜间也是奔波，他到工厂，从工厂又要到工厂主家去。他三天没有吃饭，实在不能再走了！他不觉得冷，因为他整个的灵魂在缠住他的女儿，已死了的女儿。

半夜了！老人才一步一挨地把自己运到家门，这是一件多么不容易的事：胡须颤抖，他走起路来谁看着都要联想起被大风吹摇就要坍塌的土墙，或是房屋。眼望砖瓦四下分离地游动起来。老人在冰天雪地里，在夜间没人走的道路上筛着他的胡须，筛着全身在游离的筋肉。他走着，他的灵魂也像解了体的房屋一样，一面在走，一面坍落。

老人自己把身子再运到炕上，然后他喘着牛马似的呼吸，他全身的肉体坍落尽了，为了他的女儿而坍落尽的，因为在他女儿的背后埋着这样的事：

“女儿死了！自己不能做工，赡养费没有，儿子出外三年不见回来。”

老人哭了！他想着他的女儿哭，但哭的却不是他的女儿，是哭着他女儿死了以后的事。

屋子里没有灯火，黑暗是一个大轮廓，没有线条，也没有颜色的大轮廓。老人的眼泪在他有皱纹的脸上爬，横顺地在黑暗里爬，他的眼泪变成了无数的爬虫了，个个从老人的内心出发。

外面的风在嚎叫夹着冬天枯树的声音。风卷起地上的积雪，扑向窗纸打来，刷刷的响。

二

刘成在他父亲给人做雇农的时候，他在中学里读过书，不到毕业他就混进某个团体了。他到农村去过。不知他潜伏着什么作用，他也曾进过工厂。后来他没有踪影了。三年没有踪影。关于他妹妹的死，他不知道；关于他父亲的流浪，他不知道；同时他父亲也不知道他的流浪。

刘成下狱的第三个年头被释放出来，他依然是一个没有感情的人，他的脸色还是和从前一样，冷静、沉着。他内心从没有念及他父亲一次过。不是没念及，因为他有无数的父亲，一切受难者的父亲他都当作他的父亲，他一想到这些父亲，只有走向一条路，一条根本的路。

他明白他自己的感情，他有一个定义：热情一到用得着的时候，就非冷静不可，所以冷静是有用的热情。

这是他被释放的第三天了。看起来只是额际的皱纹算是入狱的痕迹，别的没有两样。当他在农村和农民们谈话的时候，比从前似乎更有力，更坚决。他的手高举起来又落下去，这大概是表示压榨的意思；也有时把手从低处用着猛力抬到高处，这大概是表示不受压迫的意思。

每个字从他的嘴里跳出来，就和石子一样坚实并且钢硬，这石子也一个一个投进农民的脑袋里，也是永久不化的石子。

坐在马棚旁边开着衣钮的老农妇，她发起从没有这样愉快的笑，她触了他的男人李福一下，用着例外的声音边说边笑：

“我做了一辈子牛马，哈哈！那时候可该做人了，我做牛马做够了！”

老农妇在说末尾这句话时，也许她是想起了生在农村最痛苦的事。她顿时脸色都跟着不笑了，冷落下去。

别的人都大笑一阵，带着奚落的意思大笑，妇人们借着机会似的向老农妇奚落去：

“老婆婆从来是规矩的，笑话我们年轻多嘴，老婆婆这是为了什么呢？”

过了一个时间安静下去。刘成还是把手一举一落地说下去，马在马棚里吃草的声音，夹杂着鼻子声在响，其余都在安静里浸沉着。只是刘成的谈话，沉重的字眼连绵地从他齿间往外挤。不知什么话把农民们击打着了，男人们在抹眼睛，女人们却响着鼻子。和在马棚里吃草的马一样。

人们散去了，院子里的蚊虫四下地飞，结团地飞，天空有圆圆的月，这是一个夏天的夜，这是刘成出狱三天在乡村的第一夜。

三

刘成当夜是住在农妇王大婶的家里，王大婶的男人和刘成谈着话，桌上的油灯暗得昏黄，坐在炕沿他们说着，不绝地在说，直到最后才停止，直到王大婶的男人说出这样的话来，最后才停止：

“啊！刘成这个名字。东村住着的孤独老人，常提到这个名字，你可认识吗？”

刘成他不回答，也不问下去，只是眼光和不会转弯的箭一样，对准什么东西似的在放射，在一分钟内他的脸色变了又变！

王大婶抱着孩子，在考察刘成的脸色，她在下断语：

“一定是他爹爹，我听老人坐在树阴常提到这个名字，并且每当他提到的时候，他是伤着心。”

王大婶男人的袖子在摇振，院心蚊虫的群给他冲散了。圆月在天空随着他跑。他跑向一家房脊弯曲的草房去，在没有纸的窗棂上鼓打，急剧地鼓打。睡在月光里整个东村的夜被他惊醒了，睡在篱笆下的狗和鸡雀吵叫。

老人睡在土炕的一端，把自己的帽子包着破鞋当作枕头，身下铺着的是一条麻袋。满炕是干稻草，这就是老人的财产，其余什么都不属于他的。他照顾自己，保护自己。月光映满了窗棂，人的枕头上，胡须上。……

睡在土炕的另一端也是一个老人，他俩是同一阶级，因为他也是枕着破鞋睡，他们在朦胧的月影中，直和两捆干草或是两个粪堆一样。他们睡着，在梦中他们的灵魂是彼此地看守着。窗棂上残破的窗纸在作响。

其中的一个老人的神经被敲打醒了。他坐起来，抖擞着他满身的月光，抖擞着满身的窗棂格影。他不睁眼睛，把胡须抬得高高的盲目地问：

“什么勾当？”

“刘成不是你的儿吗？他今夜住在我家。”老人听了这话，他的胡须在蹀躞。三年前离家的儿子，在眼前飞转。他心里生了无数的蝴蝶，白色的，翻着金色闪着光的翅膀在空中飘飞着。此刻凡是在他耳边的空气，都变成大的小的音波，他能看见这音波，又能听见这音波。平日不会动的村庄和草堆，现在都在活动。沿着旁边的大树，他在梦中走着，向着王大婶的家里，向着他儿子方向走。老人像一个要会见妈妈的小孩子一样，被一种感情追逐在大路上跑，但他不是孩子，他蹀躞着胡须，他的腿笨重，他有满脸的皱纹。

老人又联想到女儿死的事情，工厂怎样的不给抚恤金，他怎样的飘流到乡间，乡间更艰苦，他想到饿和冻的滋味。他需要躺在他妈妈怀里哭诉。可是他是去会见儿子。

老人像拾得意外的东西，珍珠似的东西，一种极度的欣欢使他恐惧。他体验着惊险，走在去会见儿子的路上。

王大婶的男人在老人旁边走，看着自家的短墙处有个人的影像，模糊不清。走近一点，只见那里有人在摆手。再走近点，知道是王大婶在那里摆手。

老人追着他希望的梦，抬起他兴奋的腿，一心要去会见儿子，其余的什么，他不能觉察。王大婶的男人跑了几步，王大婶对他皱竖眼眉低声慌张地说：

“那个人走了，抢着走了！”

老人还是追着他的梦向前走，向王大婶的篱笆走，老人带着一颗充血的心来会见他的儿子。

四

刘成抢着走了。还不待他父亲走来，他先跑了。他父亲充了血的心给他摔碎了！他是一个野兽，是一条狼，一条没有心肠的狼。

刘成不管他父亲，他怕他父亲，为的是把整个的心，整个的身体献给众人。他没有家，什么也没有，他为着农人、工人，为着这样的阶级而下过狱。

五

半年过后，大领袖被捕的消息传来了。也就是刘成被捕的消息传来了，乡间也传来了。那是一个初春正月的早晨，乡村里的土场上，小孩子们群集着，天空里飘起颜色鲜明的风筝来，三个五个，近处飘着大的风筝，远处飘着小的风筝，孩子们在拍手，在笑。老人——刘成的父亲也在土场上依着拐杖同孩子们看风筝。就是这个时候消息传来了。

刘成被捕的消息传到老人的耳边了……

一九三三，六，九

夏　夜

密密的浓黑的一带长林，远在天边静止着。夏夜蓝色的天，蓝色的夜。夏夜坐在茅檐边，望着茅檐借宿麻雀的窠巢，隔着墙可以望见北山森静的密林，林的那端，望不见弯月勾垂着。

于是虫声，各样的穿着夜衣的幽灵般的生命的响叫。墙外小溪畅引着，水声脆脆瑯瑯。菱姑在北窗下语着多时了！眼泪凝和着夜露已经多时了！她依着一株花枝，花枝的影子抹上墙去，那样她俨若睡在荷叶上，立刻我取笑她：

“荷叶姑娘，怎么啦？”

她过来似用手打我，嘴里似乎咒我，她依过的那花枝，立刻摇闪不定了，我想：我们两个是同一不幸的人。

“为什么还不睡呢？有什么说的尽在那儿咕咕叨叨，天不早啦，进来睡。”

祖母的头探出竹帘外，又缩回去。在模糊的天光下，我看见她白色的睡衣，我疑她是一只夜猫，在黑夜她也是到处巡行着。

菱姑二十七岁了，菱姑的青春尚关闭在怀中，近来她有些关闭不住了，她怎能不忧伤呢？怎能对于一切生兴致呢？渐渐脸孔惨黄。

她一天天远着我的祖母，有时间只和我谈话，和我在园中散步。

“小萍，你看那老太太，她总怕我们在一起说什么，她总留心我们。”

“小萍，你在学校一定比我住在家得到的知识多些，怎么你没胆子吗？我若是你，我早跑啦！我早不在家受他们的气，就是到工厂去做工也可以吃饭。”

“前村李正的两个儿子，听说去当‘胡子’，可不是为钱，是去……”

祖母宛如一只猫头鹰样，突然发现在我们背后，并且响着她的喉咙好像响着猫头鹰的翅膀似的：

“好啊！这东西在这议论呢！我说：菱子你还有一点廉耻没有？”她吐口涎在地面上：“小萍那丫头入了什么党啦，你也跟她学，没有老幼！没有一点姑娘样！尽和男学生在一块。你知道她爸爸为什么不让她上学，怕是再上学更要学坏，更没法管教啦！”

我常常是这样，我依靠墙根哭，这样使她更会动气，她的眼睛好像要从眼眶跑出来马上落到地面似的，把头转向我，银簪子闪着光：“你真给咱家出了名了，怕是祖先上也找不出这丫头。”

我听见她从窗口爬进去的时候，她仍是说着我把脸丢尽了。就是那夜，菱姑在枕上小声说：

“今天不要说什么了，怕是你奶奶听着。”

菱姑是个乡下姑娘，她有热的情怀，聪明的素质，而没有好的环境。

“同什么人结婚好呢？”她常常问我。

“我什么时候结婚呢？结婚以后怎样生活？我希望我有职业，我一定到工厂去。”她说。

那夜我怎样努力也不能睡着，我反复想过菱姑的话，可怜的菱姑她只知道在家庭里是受压迫，因为家中有腐败的老太婆。然而她不能知道工厂里更有齿轮，齿轮更会压榨。

在一条长炕上，祖母睡在第一位，菱姑第二位，我在最末的一位。通宵翻转着，我仿佛是睡在蒸笼里，每夜要听后窗外的虫声，和着这在山上的密林的啸声透进竹帘来，也听更多得在夜里的一切声息。今夜我被蒸笼蒸昏了！忘记着一切！

是天快要亮的时候，马在前院响起鼻子来，狗睡醒了，在院中抖擞着毛，这时候正是炮手们和一些守夜更的人睡觉的时候。在夜里就连叔叔们也戒备着，戒备着这乡村多事的六八月，现在他们都去睡觉了！院中只剩下些狗，马，鸡，和鸭子们。

就是这天早晨，来了胡匪了，有人说是什么军，有人说是前村李正的儿子。

祖母到佛龛边去叩头，并且祷告：

“佛爷保佑……”

“我来保佑吧！”站在佛龛边我说。

菱姑作难地把笑沉下去。

大门打开的时候，只知是官兵，不是胡匪，不是什么什么军。

一九三六，二，二十一

小　六

“六啊，六……”

孩子顶着一块大锅盖，蹒蹒跚跚大蜘蛛一样从楼梯爬下来，孩子头上的汗还不等揩抹，妈妈又唤喊了：

“六啊！……六啊！……”

是小六家搬家的日子。八月天，风静睡在树梢不动，蓝天好像碧蓝的湖水，一条云彩也不挂到湖上。楼顶闲荡无虑地在晒太阳。楼梯被石墙的阴影遮断了一半，和往日一样，该是预备午饭的时候。

“六啊……六……小六……”

一切都和昨日一样，一切没有变动，太阳天空，墙外的树，树下的两只红毛鸡仍在啄食。小六家房盖穿着洞了，有泥块打进水桶，阳光从窗子、门，从打开的房盖一起走进来，阳光逼走了小六家一切盆子、桶子和人。

不到一个月，那家的楼房完全长起，红色瓦片盖住楼顶，有木匠在那里正装窗框。吃过午饭，泥水匠躺在长板条上睡觉，木匠也和大鱼似的找个有阴凉的地方睡。那一些拖长的腿，泥污的手脚，在长板条上可怕的，偶然伸动两下。全个后院，全个午间，让他们的鼾声结着群。

虽然楼顶已盖好瓦片，但在小六娘觉得，只要那些人醒来，楼好像又高一点，好像天空又短了一块。那家的楼房玻璃快到窗框上去闪光，烟囱快要冒起烟来了。

同时小六家呢？爹爹提着床板一条一条去卖。并且蟋蟀吟鸣得厉害，墙根草莓棵藏着蟋蟀似的。爹爹回来，他的单衫不像夏夜那样染着汗。娘在有月的夜里，和旷野上老树一般，一张叶子也没有，娘的灵魂里一滴眼泪也没有，娘没有灵魂了！

“自来火给我！小六她娘，小六她娘。”

“俺娘哪来的自来火，昨晚不是借的自来火点灯吗？”

爹爹骂起来：“懒老婆，要你也过日子，不要你也过日子。”

爹爹没有再骂，假如再骂，小六就一定哭起来，她想爹爹又要打娘。

爹爹去卖西瓜，小六也跟着去，后海沿那一些闹嚷嚷的人，推车的，摇船的，肩布袋的……拉车的。爹爹切西瓜，小六拾着从他们嘴上流下来的瓜子。后来爹爹又提着篮子卖油条包子。娘在墙根砍着树枝。小六到后山去拾落叶。

孩子夜间说的睡话多起来，爹和娘也嚷着：

“别挤我呀！往那面一点，我腿疼。”

“六啊！六啊，你爹死到那个地方去啦？”

女人和患病的猪一般在露天的房子样哼哽的说话。

“快搬，快搬……告诉早搬，你不早搬，你不早搬，打碎你的盆！怨——谁？”

大块的士敏土翻滚着沉落。那个人嚷一些什么，女人听不清了！女人坐在灰尘中，好像让她坐在着火的烟中，两眼快要流泪，喉头麻麻辣辣，好像她幼年时候夜里的噩梦，好像她幼年时候爬山滚落了。

“六啊！六啊！”

孩子在她身边站着：

“娘，俺在这。”

“六啊！六啊！”

“娘，俺在这。俺不是在这吗？”

那女人，孩子拉到她的手，她才看见。若不触到她，她什么也看不到了。

那一些盆子桶子，罗列在门前。她家像是着了火；或是无缘的，想也想不到地闯进一些鬼魔来。

“把六挤掉地下去了。一条被你自己盖着。”

一家三人腰疼腿疼，然而不能吃饱穿暖。

妈妈出去做女仆，小六也去，她是妈妈的小仆人，妈妈为人家烧饭，小六提着壶去打水。柏油路上飞着雨丝，那是秋雨了。小六戴着爹爹的大毡帽，提着壶在雨中穿过横道。

那夜小六和娘一起哭着回来。爹说：

“哭死……死就痛快地死。”

房东又来赶他们搬家，说这间厨房已经租出去了。后院亭子间盖起楼房来了！前院厨房又租出去。蟋蟀夜夜吟鸣，小六全家在蟋蟀吟鸣里向着天外的白月坐着。尤其是娘，她呆人一样，朽木一样。她说：“往哪样搬？我本打算一个月三元钱能租个板房！……你看……那家辞掉我……。”

夜夜那女人不睡觉，肩上披着一张单布坐着。搬到什么地方去！搬到海里去？

搬家把女人逼得疯子似的，眼睛每天红着。她家吵架，全院人都去看热闹。

“我不活……啦……你打死我……打死我……”

小六惶惑着，比妈妈的哭声更大，那孩子跑到同院人家去唤喊：“打俺娘……爹打俺娘……”有时候她竟向大街去喊。同院人来了！但是无法分开，他们像两条狗打仗似的。小六用拳头在爹的背脊上挥两下，但是又停下来哭，那孩子好像有火烧着她一般，暴跳起来。打仗停下了的时候，那也正同狗一样，爹爹在墙根这面呼喘，妈妈在墙根那面呼喘。

“你打俺娘，你……你要打死她。俺娘……俺娘……”爹和娘静下来，小六还没有静下来，那孩子仍哭。

有时夜里打起来，床板翻倒，同院别人家的孩子渐渐害怕起来，说小六她娘疯了，有的说她着了妖魔。因为每次打仗都是哭得昏过去才停止。

“小六跳海了……小六跳海了……”

院中人都出来看小六。那女人抱着孩子去跳湾（湾即路旁之臭泥沼）而不是去跳海。她向石墙疯狂地跌撞，湿得全身打颤的小六又是哭，女人号啕到半夜。同院人家的孩子更害怕起来，说是小六也疯了。娘停止号啕时，才听到蟋蟀在墙根鸣。娘就穿着湿裤子睡。

白月夜夜照在人间，安息了！人人都安息了！可是太阳一出来时，小六家又得搬家。搬向哪样去呢？说不定娘要跳海，又要把小六先推下海去。

一九三五，一，二十六日

太太与西瓜

五小姐在街上转了三个圈子，想走进电影院去，可是这是最末的一张免票了，从手包中取出来看了又看，仍然是放进手包中。

现在她是回到家里，坐在门前的软椅上，幻想着她新制的那件衣服。

门栏处有个人影，还不真切，四小姐坐在一边的长椅上咕哝着：

“没有脸的，总来有什么事？”

一个大西瓜，淡绿色的，听差的抱着来到眼前了。四小姐假装不笑，其实早已笑了：

“为什么要买，这个，很贵呢！”

心里是想，为什么不买两个。

四小姐把瓜接过来，吩咐使女小红道：

“刀在厨房里磨一磨。”

淡绿色的西瓜抱进屋去，四小姐是照样的像抱着别人给送来的礼物那样笑着，满屋是烟火味。妈妈从一个小灯旁边支起身来摇了摇手，四小姐当然用不着想，把西瓜抱出房来。她像患着什么慢性病似的，身子瘦小得不能再瘦，被个大西瓜累得可怜，脸儿发红，嘴唇却白。她又坐在门前的长椅上。

五小姐暂先把新制的衣裳停止了幻想，把那个同玩的男人送给的电影免票忘下，红宝石的戒指在西瓜上闪光：

“小红，把刀拿来呀！”

小红在那里喂猫，喂那个天生就是性情冷酷黑色的猫，她没有听见谁在呼喊她。

“你，你耳聋死……”

“不是呀，刘行长的三太太，男人被银行辞了职，那次来抽着烟就不起来，妈妈怕她吃了西瓜又要抽烟。”

四小姐忙说着，小红这次勉强算是没有挨骂。

西瓜想放在身后，四小姐为了慌张没有躲藏方便，那个女客人走出来看着西瓜了。妈妈说着：

“不要吃西瓜再走吗？”

小姐们也站起来，笑着把客人送走。

她们这回该集拢到厅堂分食西瓜来，第一声五小姐便嚷着：

“我不吃这样的东西，黄瓜也不如。”

抛到地板上，小红去拾。

太太下着命令叫小红去到冰箱里取那个更大的田科员送来的那个。

她们的架子是送来的礼物摆起来的！她们借着别人来养自己的脾气。做小姐非常容易，做太太也没有难处。

小红去取那个更大的去，已经拾到手的西瓜被叱呵，舍不得的又丢在地板上。

站在门栏处送来礼物的人也在苦恼着。

“为我找了十元一月薪金厨夫的职业，上手就消费了三元。”

但是他还没听见五小姐说的“黄瓜也不如”呢！

两个青蛙

一

楼上的声音从窗洞飘落下来了。

“让我们都来看吧，秦铮又回来了，又是同平野一道……”

秋雨过后，天色变做深蓝，静悄的那边就是校园的林丛。校园像幅画似的，绘着小堆小堆的黄花；地平线以上，是些散散乱乱的枝柯，在晚风里取暖；拥挤着的树叶上，跳跃着金光。

秦铮提篮里的青蛙，跳到地面。平野在阳光里笑着，惊惧的肩头缩动着，把青蛙装进篮里。

裙襟被折卷一下。秦铮坐在水池旁愉快着，她的眼睛向平野羞涩地笑，别离使她羞涩了。

平野和她的肩头相依，但只是坐着，他躲避着热情似的坐着。一种初会的喜悦常常是变做悲哀的箭，连贯的穿了两个心颗，水珠在树叶上闪起金光滚动着，风来了，水珠落了。也和水珠一样，秦铮的眼泪落了，落到平野的衣襟上，手上，唇上，这情人的泪，水银似的在平野的灵魂里滚转。

平野觉得自己的生命这算是第一次有意义。

“不要哭啊，小妹妹……”

楼上的声音响震着玻璃窗时，秦铮扭动她的肩头，但不看上去，她知道这又是她的妹妹秦华在作怪。

提篮里的青蛙要去寻水，粗糙地呼吸着。

秦铮从来爱玩小孩子的事，从乡间回来特地带回两个青蛙，现在青蛙是放在水池里了。

晚天染着紫色红色的颜料，各自划分着，划分得不清晰了，越加模糊下去。

“这次我到乡下去，受罪极了，猩红热、虎列拉，……各样的传染病都有。只有传染病，没有医生，患病者只有死。——在这样的世界上，我也真希望死了。因为你，我死的希望破碎了。你不是常说吗？想要死的人，那是自私，或是各人主义的变态。”

平野吻了她手一下，并且问：

“那里工作怎样？”

平野又像恢复了自己似的，人像又涌上他的心来，他不再觉得自己是在喊口号了。

他们的声音低下来，暗下来，和苍茫的暮色一样，苍茫下去。

南楼宿舍睡在夜里了，北楼也睡在夜里，久别的情绪苍白着，不可顿挫的强硬起来，纠缠起来。

踱荡着他们的热情似的，穿着林丛踱荡，踏着月光踱荡，秦铮是愉快着，讲了一些流水似的话，别离不再压紧她了，她轻松在跳着舞步。可是平野的心情正相反，他徘徊着，他作窘，平野为了她的青春所激动。

关于这个秦铮是忽略了，她永不知道她的青春可能激动了别人，在一个少女这是一件平常的事。

平野引她到树丛的深处去，他战栗地走着，激动地走着，同时秦铮也不会觉察这个。

两个影子，深藏在树丛里了。

南楼的影子倒在水池里，太空镶着无数的星座，秋夜静得和水晶似的透明。

从树丛颤巍着那里走出来了。秦铮的头发毛散了，衣裙不整齐了，怕羞的背影走上楼梯去。

平野站在月光中的池旁，目送她。每次他送秦铮回宿舍时，她都是倒踏着梯级向他微笑着，缓缓地走进去。现在秦铮没有回头，她为了新的体验淹没了。

平野的心思平静下来，满足同时而倦怠的转向北楼去。

青蛙叫了，要吵破这个秘密似的叫了。

二

这是一个回忆，完全是一个梦中的回忆。

平野醒转了来，铁窗外石壁的顶端，模糊着苍白的星座。深壑的院宇，永恒的刮着阴惨的风，住在这里的人，有的是单身房，有的是群居，有的在等候宣告死刑，也有些在挨混刑期。

等候大刑的人，他们终夜不能睡着，他们吼叫出不是人的声音来，但是他们腿上的铁锁和手上的木枷并不因为吼号而脱落，依然严紧地在枷锁着。五个人中的两个人是瘫落在墙角里，不喊叫也不挣脱。使你看到，你可以联想起那是两个年老的胡匪被死恐吓住了？但，他们不是，那两张面孔，并不苍白；手足安然的，并不颤索。

提着枪打着裹腿的人，整夜是在看守着这五个人，这是为了某种事体。提枪的人，总是不间断地在袖口间探望自己的手表，就像希望着天快亮起来似的。但，天亮起来又有什么事体要发生呢？这个事件，看守人和被看守人都像明白似的。被看守人嚎叫着，他们不能滚转，提枪的人在那里踱来踱过。

其中的一个向着那两个永不知嚎叫的人说：

"怎么你们的不是行抢，只为了几张碎纸在身上就……"

说话的那个人，被提着枪的绞断了话声，但是他现在一点都不知惧怕什么叫枪，他大骂了一阵，没有法治他。提枪的那个人仍然是走来走去，一面看他袖口间的表。

平野，他是个永久要住在这里的一个犯人，因为法律判断他是这样。

因为三年前的那天晚间，他同秦铮在校园里谈一些关于乡间和工作的事，第二天，秦铮的父亲处死刑了，第三天，秦铮被捕了。接着就是平野。

现在秦铮和平野是住在同一个铁包的院里，现在已三年了。放在水池里两个青蛙变作了一群小青蛙，在校园里仍是叫着。

在三年之中，他们总是追随三年前的旧梦，平野醒转来了。醒来他寻觅不见秦铮，他又闭起眼睛，窗子铁栏外，有不转动的白色的月轮，外面嚷着这样的声音，平野听到了："又是五个：两政治犯，三个强盗犯，提出去。"过了一刻，车轮的声音轧过了，渐远了。

一九三三，八，六

哑老人

孙女——小岚大概是回来了吧，门响了下。秋晨的风洁静得有些空凉，老人没有在意，他的烟管燃着，可是烟纹不再作环形了，他知道这又是风刮开了门。他面向外转，从门口看到了荒凉的街道。

他睡在地板的草帘上，也许麻袋就是他的被褥吧，堆在他的左近，他是前月才患着半身肢体不能运动的病，他更可怜了。满窗碎纸都在呜叫，老人好像睡在坟墓里似的，任意野甸上是春光也好，秋光也好，但他并不在意，抽着他的烟管。

秋凉毁灭着一切，老人的烟管转走出来的烟纹也被秋凉毁灭着。

这就是小岚吧，她沿着破落的街走，一边扭着她的肩头，走到门口，她想为什么门开着，——可是她进来了，没有惊疑。

老人的烟管没烟纹走出，也像老人一样的睡了。小岚站在老人的背后，沉思了一刻，好像在打主意——唤醒祖父呢——还是让他睡着。

地上两张草帘是别的两个老乞丐的铺位，可是空闲着。小岚在空虚的地板上绕走，她想着工厂的事吧。

非常沉重的老人的鼾声停住了，他衰老的灵魂震动了一下。那是门声，门又被风刮开了，老人真的以为是孙女回来给他送饭。他歪起头来望一望，孙女跟着他的眼睛走过来了。

小岚看着爷爷震颤的胡须，她美丽、凄凉的眼笑了，说：“好了些吧？右半身活动得更自由了些吗？”

这话是用眼睛问的，并没有声音。只有她的祖父，别人不会明白或懂得这无声的话，因为哑老人的耳朵也随着他的喉咙有些哑了，小岚把手递过去，抬动老人的右臂。

老人哑着——卡……卡……哇……

老人的右臂仍是不大自由，有些痛，他开始寻望小岚的周身。小岚自愧的火热般的心跳了，她只为思索工厂要裁她的事，从街上带回来的包子被忘弃着，冰凉了。

包子交给爷爷：“爷爷，饿了吧！”

其实，她的心一看到包子早已惭愧着，恼恨着，可是不会意想到的，老人就拿着这冰冷的包子已经在笑了。

可爱的包子倒惹他生气，老人关于他自己吃包子，感觉十分有些不必需。他开始做手势：扁扁的，长圆的，大树叶样的；他头摇着，他的手不意的，困难而费力地在比作。

小岚在习惯上她是明白。这是一定要她给买大饼子（玉米饼）。小岚也做手势，她的手向着天，比作月亮大小的圆环，又把手指张开作一个西瓜形，送到嘴边去假吃。她说：

“爷爷，今天是过八月节啦，所以爷爷要吃包子的。”

这时老人的胡须荡动着，包子已经是吞掉了两个。

也许是为着过节，小岚要到街上去倒壶开水来。他知道自家是没有水壶，老人有病，罐子也摆在窗沿，好像是休息，小岚提着罐子去倒水。

窗纸在自然的鸣叫，老人点起他的烟管了。

这是十分难能的事，五个包子却留下一个。小岚把水罐放在老人的身边，老人用烟管指给她，……卡……哇……

小岚看着白白的小小的包子，用她凄怆的眼睛，快乐地笑了，又惘然地哭了，她为这个包子伟大的爱，唤起了她内心脆弱得差不多彻底的悲哀。

小岚的哭惊慌的停止。这时老人哑着的嗓子更哑了，头伏在枕上摇摇，或者他的眼泪没有流下来，胡须震荡着，窗纸鸣得更响了。

“岚姐，我来找你。”

一个女孩子，小岚工厂的同伴，进门来，她接着说：

“你不知道工厂要裁你吗？我抢着跑来找你。”

小岚回转头向门口做手势，怕祖父听了这话，平常她知道祖父是听不清的，可是现在她神经质了，她过于神经质了。

可是那个女孩子还在说：

“岚姐，女工头说你夜工做得不好，并且每天要回家两次。女工头说，小岚不是没有父母吗？她到工厂来，不说她是个孤儿么？所以才留下了她。——也许不会裁了你！你快走吧。”

老人的眼睛看着什么似的那样自揣着，他只当又是邻家姑娘来同小岚上工去。

使老人生疑的是小岚临行时对他的摇手，为什么她今天不做手势，也不说一句话呢？老人又在自解——也许是工厂太忙。

老人的烟管是点起来的，悠闲的他望着烟纹，也望着空虚的天花板。凉澹的秋的气味像侵袭似的，老人把麻袋盖了盖，他一天的工作只有等孙女。孙女走了，再就是他的烟管。现在他又像是睡了，又像等候他孙女晚上回来似的睡了。

当别的两个老乞丐在草帘上吃着饭类东西的时候，不管他们的铁罐搬得怎样响，老人仍是睡着，直到别的老乞丐去取那个盛热水的罐时，他算是醒了。可是打了个招呼，他又睡了。

“他是有福气的，他有孙女来养活他，假若是我患着半身不遂的病，老早就该死在阴沟了。”

"我也是一样。"

两个老乞丐说着，也要点着他们的烟管，可是没有烟了，要去取哑老人的。

忽然一个包子被发现了，拿过来，说给另一个听：

"三哥，给你吃吧，这一定是他剩下来的。"

回答着："我不要，你吃吧。"

可是另一个在说"我不要"这三个字以前，包子已经落进他的嘴里，好像他让三哥吃的话是含着包子说的。

他们谈着关于哑老人的话：

"在一月以前，那时你还不是没住在这里吗，他讨要过活，和我们一样。那时孙女缝穷，后来孙女入了工厂，工厂为了做夜工是不许女工回家的，记得老人一夜没有回来。第二天早晨，我到街头看他，已睡在墙根，差不多和死尸一样了。我把他拖回房里，可是他已经不省人事了。后来他的孙女每天回来看护他，从那时起，他是患着病了。"

"他没有家人么？"

"他的儿子死啦，媳妇嫁了人。"

两个老乞丐也睡在草帘上，止住了他们的讲话，直到哑老人睡得够了，他们凑到一起讲说着，哑老人虽然不能说话，但也笑着。

这是怎么样呢？天快黑了，小岚该到回来的时候了。老人觉到饿，可是只得等着。那两个又出去寻食，他们临出去的时候，罐子撞到门框发响，可是哑老人只得等着。

一夜在思量，第二个早晨，哑老人的烟管不间断地燃着，望望门口，听听风声，都好像他孙女回来的声音。秋风竟忍心欺骗哑老人，不把孙女带给他。

又燃着了烟管，望着天花板，他咳嗽着。这咳嗽声经过空冷的地板，就像一块铜掷到冰山上一样，响出透亮而凌寒的声来。当老人一想到孙女为了工厂忙，虽然他是怎样的饿，也就耐心地望着烟纹在等。

窗纸也像同情老人似的，耐心地鸣着。

小岚死了，遭了女工厂头的毒打而死，老人却不知道他的希望已经断了路。他后来自己扶着自己颤颤的身子，把经日讨饭的家伙，从窗沿取来，挂了满身，那些会活动的罐子，配着他直挺的身体，在做出痛心的可笑的模样。他又向门口走了两步，架了长杖，他年老而踝躞的身子上有几只罐子在凑趣般地摇动着，那更可笑了，可笑得会更痛心。

蓦然地，他的两个老伙伴开门了，这是一个奇异的表情，似一朵鲜红的花突然飞到落了叶的枯枝上去。走进来的两个老乞丐正是这样，他们悲惨而酸心的脸上，突然作笑。他们说：

“老哥，不要到街上去，小岚是为了工厂忙，你的病还没好，你是七十多岁的人了，这里有我们三个人的饭呢，坐下来先吃吧，小岚会回来的。”

讲这些话的声音，有些特别。并且嘴唇是不自然的起落，哑老人听不清他们究竟说的是什么，就坐下来吃。

哑老人算是吃饱了，其余的两个，是假装着吃，知道饭是不够的。他不能走路，他颤颤着腿，像爬似的走回他的铺位。

“女工头太狠了。”

“那样的被打死，太可怜，太惨。”

哑老人还没睡着的时候，他们的议论好像在提醒他。他支住腰身坐起来，皱着眉想——死……谁死了呢？

哑老人的动作呆得笑人，仿佛是个笨拙的侦探，在侦查一个难解的案件。眉皱着，眼瞪着，心却糊涂着。

那两个老乞丐，蹑着脚，拿着烟管想走。

依旧是破落的家屋，地板有洞，三张草帘仍在地板上，可是都空着，窗户用麻袋或是破衣塞堵着，有阴风在屋里飘走。终年没有阳光，终年黑灰着，哑老人就在这洞中过他残老的生活。

现在冬天，孙女死了，冬天比较更寒冷起来。

门开处，老人幽灵般地出现在门口了。他是爬着，手脚一起落地的在爬着，正像个大爬虫一样。他的手插进雪地去，而且大雪仍然是飘飘落着，这是怎样一个悲惨的夜呀，天空挂着寒月。

并没有什么吃的，他的罐子空着，什么也没讨到。

别的两个老乞丐，同样是这洞里爬虫的一分子，回来了说：“不要出去呀，我们讨回来的东西只管吃，这么大的年纪。”

哑老人没有回答，用呵气来温暖他的手，自己肿得萝卜似的手。饭是给哑老人吃了，别人只得又出去。

屋子和从前一样破落，阴沉的老人也和从前一样吸着他的烟管。可是老人他只剩烟管了，他更孤独了。

从草帘下取出一张照片来，不敢看似的他哭了，他绝望的哭，把躯体偎作个绝望的一团。

当窗纸不作鸣的时候，他又在抽烟。

只要抡动一次胳臂，在他全像搬转一支铁钟似的，要费几分钟。

在他漠忽中，烟火坠到草帘上，火烧到胡须时，他还没有觉查。

他的孙女死了，伙伴没在身边，他又哑，又聋，又患病，无处不是充备给火烧死的条件。就这样子，窗纸不作鸣声，老人滚着，他的胡须在烟里飞着，白白的。

一九三三，八，二七

夜 风

一

老祖母几夜没有安睡，现在又是抖着她的小棉袄了。小棉袄一拿在祖母的手里，就怪形的在作恐吓相。仿佛小棉袄会说出祖母所不敢说出的话似的，外面风声又起了！——唰——唰……

祖母变得那样可怜，小棉袄在手里终那样拿着。窗纸也响了！没有什么，是远村的狗吠，身影在壁间摇摇，祖母，灭下烛，睡了！她的小棉袄又放在被边，可是这也没有什么，祖母几夜都是这样睡的。

屋中并不黑沉，虽是祖母熄了烛。披着衣裳的五婶娘，从里间走出来，这时阴惨的月光照在五婶娘的脸上，她站在地心用微而颤的声音说：

“妈妈！远处许是来了马队，听！有马蹄响呢！”

老祖母还没忘掉做婆婆特有的口语向五婶娘说：

“可恶的 ××× 又在寻死。不碍事，睡觉吧。”

五婶娘回到自己的房里，想唤醒她的丈夫，可是又不敢。因为她的丈夫从来英勇在村中著名的，而不怕过什么人。枪放得好，马骑得好。前夜五婶娘吵着 ××× 是挨了丈夫的骂。

不碍事，这话正是碍事，祖母的小棉袄又在手中颠倒了！她把袖子当作领来穿。没有燃烛，斜歪着站起来。可是又坐下了。这时，已经把壁间落满着灰尘的铅弹枪取下来，在装子弹。她想走出去上炮台望一下，其实她的腿早已不中用了，她并不敢放枪。

远村的狗吠得更甚了，像人马一般的风声也上来了。院中的几个炮手，还有老婆婆的七个儿子通起来了。她最小的儿子还没上炮台，在他自己的房中抱着他新生的小宝宝。

老祖母骂着：

“呵！太不懂事务了！这是什么时候？还没有急性呀！”

这个儿子，平常从没挨过骂，现在也骂了。接着小宝宝哭叫起来。别的房中，别的宝宝，也哭叫起来。

可不是吗？马蹄响近了，风声更恶，站在炮台上的男人们持着枪杆，伏在地下的女人们抱着孩子。不管哪一个房中都不敢点灯，听说 ××× 是找光明的。

大院子里的马棚和牛棚，安静着，像等候恶运似的。可是不然了！鸡，狗，和鸭鹅们，都闹起，就连放羊的童子也在院中乱跑。

马，认清是马形了！人，却分不清是什么人。天空是月，满山白雪，风在回旋着，白色的山无止境的牵连着。在浩荡的天空下，南山坡口，游动着马队，蛇般的爬来了。二叔叔在炮台里看见这个，他想灾难算是临头了！一定是来攻村子的。他跑向下房去，每个雇农给一只枪，雇农们欢喜着，他们想：

“地主多么好呵！张二叔叔多么仁慈！老早就把我们当作家人看待的。现在我们共同来御敌吧！”

往日地主苛待他们，就连他们最反对的减工资，现在也不恨了！只有御敌是当前要做的。不管厨夫，也不管是别的役人，都喜欢着提起枪跑进炮台去。因为枪是主人从不放松给他们拿在手里。尤其欢喜的是牧羊的那个童子——长青，他想，我有一只枪了！我也和地主的儿子们一样的拿着枪了！长青的衣裳太破，裤子上的一个小孔，在抢着上炮台时裂了个大洞。

人马近了！大道上飘着白烟，白色的山和远天相结，天空的月澈底的照着，马像跑在空中似的。这也许是开了火吧！——砰！砰……炮手们看得清是几个探兵作的枪声。

长青在炮台的一角，把住他的枪，也许是不会放，站起来，把枪嘴伸出去，朝着前边的马队。这马队就是地主的敌人。他想这是机会了！二叔叔在后面止住他：

“不要！——等近些放！”

绕路去了！数不尽的马的尾巴渐渐消失在月夜中了！墙外的马响着鼻子，马棚里的马听了也在响鼻子。这时老祖母欢喜地喊着孙儿们：

“不要尽在冷风里，你们要进屋来暖暖，喝杯热茶。”

她的孙儿们强健地回答：

“奶奶！我们全穿皮袄，我们在看守着，怕贼东西们再转回来。”

炮台里的人稀疏了！是凡地主和他们的儿子都转回屋去，可是长青仍蹲在那里，作一个小炮手的模样，枪嘴向前伸着，但棉裤后身作了个大洞，他冷得几乎是不能耐，要想回房去睡。没有当真那么作，因为想起了张二叔叔——地主平常对他的训话了：“为人要忠。你没看古来有忠臣孝子吗？忍饿受寒，生死不怕，真是可佩服的。”

长青觉得这正是尽忠也是尽孝的时候，恐怕错了机会似的，他在捧着枪，也在作一个可佩服的模样。裤子在屁股间一个大洞裂着。

二

这人是谁呢？头发蓬着，脸没有轮廓，下垂的头遮盖住，暗色的房间破乱得正像地主们的马棚。那人在啼着，好像失丈夫的乌鸦一般。屋里的灯灭了！窗上的影子飘忽失去。

两棵立在门前的大树，光着身子在嚎叫已失去的它的生命。风止了！篱笆也不响了！整个的村庄，默得不能再默。儿子，长青。回来了。

在屋里啼哭着，穷困的妈妈听得外面有踏雪声，她想这是她的儿子吧！可是她又想，儿子十五天才可以回一次家，现在才十天，并且脚步也不对，她想这是一个过路人。

柴门开了！柴门又关了！篱笆上的积雪，被振动落下来，发响。

妈妈出去像往日一样，把儿子接进来，长青腿软得支不住自己的身子，他是斜歪着走回来，所以脚步差错得使妈妈不能听出。现在是躺在炕上，脸儿青青的流着鼻涕，妈妈不晓得是发生了什么事。

心痛的妈妈急问：

“儿呀！你又牧失了羊吗？主人打了你吗？”

长青闭着眼睛摇头，妈妈又问：

“那是发生了什么事？来对妈妈说吧！”

长青是前夜看守炮台冻病了的，他说：

“妈妈！前夜你没听着马队走过吗？张二叔叔说 ××× 是万恶之极的，又说专来杀小户人家。我举着枪在炮台里站了半夜。”

“站了半夜又怎么样呢？张二叔叔打了你吗？”

“妈妈，没有，人家都称我们是小户人家，我怕马队要来杀妈妈，所以我在等候着打他们。”

“我的孩子，你说吧！你怎么会弄得这样呢？”

“我的裤子不知怎么弄破了！于是我病了！”

妈妈的心好像是碎了！她想丈夫死去三年，家里从没买过一尺布，和一斤棉。于是她把儿子的棉袄脱了下来，面着灯照了照，一块很厚的，另一块是透着亮。

长青抽着鼻子哭，也许想起了爸爸。妈妈放下了棉袄，把儿子抱过来。

豆油灯像在打寒颤似的火苗哆嗦着，唉，穷妈妈抱着病孩子。

三

张老太太又在抖着她的小棉袄了！因为她的儿子们不知辛苦了多少年，才做了个地主；几次没把财产破坏在土匪、叛兵的手里，现在又闹 × 军，她当然要抖她的小棉袄罗！

张二叔叔走过来，看着妈妈抖得怪可怜的，他安慰着：

“妈妈！这算不了什么，您想，我们的炮手都很能干呢！并且恶霸们有天理来昭张，妈妈您睡下吧！不要起来，没有什么事！”

“可是我不能呢？我不放心。”

张老太太说着外面枪响了！全家的人，像上次一样，男的提着枪，女的抱着孩子。风声似乎更紧，树林在啸。

这是一次虚惊，前村捉着个小偷。一阵风云又过了！在乡间这样的风云是常常闹的。老祖母的惊慌似乎成了癖。全家的人，管谁都在暗笑她的小棉袄。结果就是什么事没发生，但，她的小棉袄仍是不留意的拿在手里，虽是她只穿着件睡觉的单衫。

张二叔叔同他所有的弟兄们坐在老太太的炕沿，老六开始说：

“长青那个孩子，怕不行，可以给他结账的，有病不能干活计的孩子，活着又有什么用？”

说着把烟卷放在嘴里，抱起他三年前就患着瘫病的儿子走回自己的房子去了。

张老太说：

“长青那是我叫他来的，多做活少做活的不说，就算我们行善，给他碗饭吃，他那样贫寒。”

大媳妇含着烟袋，她是四十多岁的婆子。二媳妇是个独腿人，坐在她自己的房里。三媳妇也含着烟袋在喊，三叔叔回房去睡觉。老四，老五，以至于老七这许多儿媳妇都向老太太问了晚安才退去。老太太也觉得困了似的，合起眼睛抽她的长烟袋。

长青的妈妈——洗衣裳的婆子来打门，温声地说：

“老太太，上次给我吃的咳嗽药再给我点吃吧！”

张老太太也是温和着说：

“给你这片吃了！今夜不会咳嗽的，可是再给你一片吧！”

洗衣裳的婆子暗自非常感谢张老太太，退回那间靠近草棚的黑屋子去睡了！

第二天是个天将黑的时候，在大院里的绳子上，挂满了黑色的白色的，地主的小孩的衣裳，以及女人的裤子。就是这个时候吧！晒在绳子上的衣服有浓霜透出来，冻得挺硬，风刮得有铿锵声。洗衣裳的婆子咳嗽着，她实不能再洗了！于是走到张老太的房里：

“张老太，真是废物呢！穷人又生病。”

一面说一面咳嗽：

“过几天我一定来把所有余下的衣服洗完。”

她到地心那个桌子下，取她的包袱，里面是张老太给她的破毡鞋；二婶子，和别的婶子给她的一些碎棉花，和裤子之类。这时张老太在炕里，含着她的长烟袋。

洗衣裳的婆子有个破落而无光的家屋，穿的是张老太穿剩的破毡鞋。可是张老太有着明亮的镶着玻璃的温暖的家，穿的是从城市里新买回来的毡鞋。这两个老婆婆比在一起，是非常有趣的。很巧，牧羊的长青走进来，张二叔叔也走进来。老婆婆是这样两个不同形的，生出来的儿子也当然两样，一个是掷着鞭子的牧人，一个是把着算盘的地主。

张老太扭着她不是心思的嘴角问：

“我说，老李，你一定要回去吗？明天不能再洗一天吗？”

用她努力的眼睛望着老李，老李：

“老太太，不要怪我，我实在做不下去了！”

“穷人的骨头想不到这样值钱，我想你的儿子，不知是谁的力量才在这里待得住。也好。那么，昨夜给你那药片，为着今夜你咳嗽来吃它。现在你可以回家去养着去了！把药片给我，那是很贵呢！不要白费了！”

老李把深藏在包袱里那片预备今夜回家吃的药拿出来。

老李每月要来给张地主洗五次衣服，每次都是给她一些萝卜，或土豆，这次都没给。

老婆子夹着几件地主的媳妇们给她的一些破衣服。这也就是她的工银。

老李走在有月光的大道上，冰雪闪着寂寂的光，她寡妇的脚踏在雪地上，就像一只单身雁在哽咽着她孤飞的寞寞。

这树为着空的枝干，没有鸟雀。什么人全睡了！尽树儿的那端有她的家屋出现。

打开了柴门，连个狗儿也没有，谁出来迎接她呢？！

四

两天过后风声又紧了！真的 × 军要杀小户人家吗？怎么都潜进破落村户去？李婆子家也曾住过那样的人。

长青真的结了账了！背着自己的小行李走在风雪的路上。好像一个流浪的，丧失了家的小狗，一进家屋他就哭着。他觉得绝望。吃饭妈妈是没有米的，他不用妈妈问他就自己诉说怎样结了账，怎样赶他出来，他越想越没路可走，哭到委曲的时候，脚在炕上跳，用哀惨的声音呼着他的妈妈：

“妈妈：我们吊死在爹爹坟前的树上吧！”

可是这次，出乎意料的，妈妈没有哭，没有同情他，只是说：

“孩子，不要胡说了，我们有办法的。”

长青拉着妈妈的手，奇怪的，怎么妈妈会变了呢？怎么变得和男人一样有主意呢？

五

前村的消息传来的时候，张二叔叔的家里还没吃早饭。

整个的前村和 × 军混成一团了！有的说是在宣传，有的说是在焚房屋，屠杀贫农。

张二叔叔放探出去，两个炮手背上大枪，小枪，用鞭子打着马，刺面的严冬的风夺面而过，可是他们没有走到地点，就回来了。报告是这样：

“不可知这是什么埋伏？村民安静着，鸡犬不惊的不知在做些什么？”

张二叔叔问：“那么你们看见些什么呢？”

“我们是站在山坡往下看的，没有马槽，把草摊在院心，马匹在急吃着草，那些恶棍们和家人一样在院心搭着炉，自己做饭。”

全家的人，挤在老祖母子的门里门外，眼睛瞪着。全家好像窒息了似的。张二叔叔点着他的头：“唔！——你们去吧！”

这话除了他自己别人似乎没有听见。关闭的大门外面有重车轮轴轧轧经过的声音。

可不是吗？敌人来了！方才吓得像木雕一般的张老太也扭走起来。

张二叔叔和一群小地主们捧着枪不放，希望着马队可以绕道过去。马队是过去了一半，这次比上次的马匹更多。使张二叔叔纳闷的是后半部的马队也夹杂着爬犁小车！并且车上也像有妇女们坐着？更近了！二叔叔是千真万真看见了一些雇农，李三，刘福，小秃……一些熟识的佃农。二叔叔气得仍要动起他地主的怒来大骂。

兵们从东墙回转来，把张二叔叔的房舍包围了！开了枪。

这不是夜，没有风，这是光明的朝阳下，张二叔叔是第一个倒地。在他一秒钟清明的时候，他看见了长青和他的妈妈——李婆子也坐在爬犁上，在挥动着拳头……

一九三三，八，二七

萧红生平事略

蒋亚林

1911 年

6月1日（阴历五月初五，端午节），萧红出生于黑龙江省呼兰县（现哈尔滨市呼兰区）一个地主家庭。姓张，乳名荣华，学名张秀环。

萧红祖籍山东东昌府莘县长兴社十甲梁丕营村，今为山东省聊城市莘县董杜庄镇梁丕营村。乾隆年间，其先人张岱闯关东至关内，开始了其家族在东北的新的发展史。

1916 年

萧红外祖父将萧红的学名“张秀环”改为“张廼莹”。

1917 年

萧红祖母去世，萧红的祖父开始了对萧红的文学启蒙。

1919 年

萧红母亲姜玉兰不幸染上霍乱，医治无效去世。是年，萧红九岁。

年底，萧红父亲张廷举续弦，娶梁亚兰为妻，为萧红的继母。

1920 年

秋，萧红进入呼兰区第二小学（现为萧红小学）女生部学习（学制四年）。是年，萧红十岁。

1924—1926 年

读高小（学制二年）。

1924 年秋，萧红入北关初高两级小学校女生部，读高小一年级。

1925 年秋，萧红转入呼兰县第一女子初高两级小学校（在今呼兰县第一中学院内），插班读高小二年级。

1926 年夏，高小毕业。萧红想去哈尔滨读中学，遭到来自父亲和继母的强烈反对，萧红没有因此放弃要读书的愿望，开始与父亲、继母冷战，进行抗争。

1927 年

夏，萧红父亲张廷举同意萧红继续读书。

秋，萧红进入哈尔滨东省特别区区立第一女子中学（简称“东特女中”，或“哈尔滨女中”）读初中，学制三年。二十岁初中毕业。此校系“从德女子中学”的前身，现为“萧红中学”，在今邮政街 130 号。

1929 年

1 月初，由萧红六叔张廷献做媒，父亲给萧红定亲，未婚夫为汪恩甲。

6 月初，萧红祖父去世，萧红从此失去了世界上最关心、最爱护她的人。

1930 年

夏，萧红初中毕业。萧红想去北平读高中，而父亲和继母希望萧红与汪恩甲完婚，不赞成萧红去北京读高中，萧红决定为了求学抗婚。

7 月，为了抗婚求学，萧红与表哥陆哲舜逃到北平，就读于北平大学女子师范学院附属女子中学。历时半年。

1931 年

1 月，因为陆家断绝了陆哲舜的经济来源，走投无路的萧红与陆哲舜双双败回呼兰。

4 月上旬，萧红父亲将萧红软禁于阿城县福昌号屯。历时七个月。

10 月 4 日，萧红坐大白菜车逃离阿城县。

11 月，萧红开始在哈尔滨街头流浪，过起了颠沛流离、朝不保夕的生活。后与汪恩甲在东兴顺旅馆同居。

12 月，萧红怀孕。

1932 年

3 月，萧红离开汪恩甲，独自再赴北平。

3 月末，萧红与汪恩甲同回哈尔滨，再次入住东兴顺旅馆。

春，萧红创作了《可纪念的枫叶》、《偶然想起》、《静》、《栽花》、《公园》、《春曲》（组诗）等诗歌作品。

5 月，汪恩甲离开东兴顺旅馆，被家庭扣下。

6 月，因欠东兴顺旅馆食宿费，萧红被旅馆扣下，而且很有可能被卖到低等的妓院。

7 月，萧红给《国际协报》副刊主编裴馨园投书求援，裴馨园对萧红施以援手，展开救助。萧军因裴馨园之托去东兴顺旅馆探望萧红，两人一见钟情，萧红爱上萧军。萧红创作了《幻觉》一诗，此诗首刊于1934年的《国际协报》副刊《国际公园》，署名为悄吟。

8月，萧红生下一名女婴，并立即把女婴送人。

9月，萧红与萧军入住欧罗巴旅馆（今尚志大街150号）。后又搬到商市街25号（今红霞街25号）一座半地下的小屋，开始正式夫妻生活。

1933年

3月，萧红开始尝试文学创作，发表小说处女作《弃儿》。之后，陆续创作了短篇小说《看风筝》《腿上的绷带》《太太与西瓜》《两个青蛙》《哑老人》《夜风》《叶子》《清晨的马路上》《渺茫中》，散文《小黑狗》《烦扰的一日》《破落之街》，诗歌《八月天》等作品。

10月，萧红与萧军合出小说、散文集《跋涉》，引起了文坛的注意，萧红、萧军因此被誉为"黑暗现实中两颗闪闪发亮的明星"，并由此奠定了萧红、萧军二人在东北文坛的地位。

12月，《跋涉》遭查禁，萧红、萧军在哈尔滨举步维艰，二人计划离开哈尔滨，另谋出路。

1934 年

2 月，萧红创作了短篇小说《离去》。

3 月，萧红创作了短篇小说《患难中》《出嫁》，创作了散文《蹲在洋车上》。

4 月，萧红以悄吟为笔名，在哈尔滨《国际协报》副刊发表《生死场》(原名《麦场》) 的前两章。

6 月，萧红与萧军流亡到青岛。此次离开哈尔滨成为永别，直到八年后花落异乡，萧红再也没有回来过。

9 月，萧红完成《生死场》后七章。

10 月，萧红与萧军一同给鲁迅写信，并得到鲁迅的回信，由此与鲁迅开始了书信的往来。

11 月初，萧红与萧军双双来到上海。

11 月底，萧红见到鲁迅，并得到鲁迅的赏识，从此和鲁迅、许广平一家开始交往，并建立起深厚的感情。

12 月，萧红、萧军接到鲁迅的邀请赴宴，并结识了茅盾等文学大家。

1935 年

1 月，萧红创作了散文《小六》。

2 月，萧红创作了散文《过夜》。

5 月，萧红完成回忆性散文集《商市街》。

6月，萧红创作了散文《三个无聊人》。

11月，鲁迅为萧红的《生死场》作序。

12月，经鲁迅校阅、编订，萧红的《生死场》作为鲁迅主编的“奴隶丛书”之一，由容光书局出版，笔名萧红。

冬，萧红创作了散文《初冬》。

1936年

1月，萧红参与编辑的《海燕》创刊，并于当日售完两千册。萧红创作的散文《访问》首刊于《海燕》的创刊号上。

3月，在鲁迅的引见下，萧红与美国作家史沫特莱在鲁迅家相识。

4月，萧红的短篇小说《手》首刊于《作家》第一卷第一号。

6月，萧红在《中国文艺工作者宣言》上签名。

7月15日，鲁迅为萧红赴日本饯行。

7月16日，萧红带着心灵之伤，远涉重洋，只身去岛国日本。历时半年整。

9月18日，萧红为纪念“九一八”事变而写的散文《长白山的血迹》，在《大沪晚报》上发表。

10月，萧红得知鲁迅先生病逝，陷入深深的悲痛之中。

11月，萧红的小说、散文合集《桥》出版，署名为悄吟。

12 月，萧红创作了散文《永久的憧憬和追求》。

1937 年

1 月 9 日，萧红结束了在日本的学习和生活，离开东京，准备回国。

1 月 13 日，萧红回到上海。

3 月，《沙粒》（组诗）在《文丛》第一卷第一期发表，署名为悄吟。萧红创作了悼念鲁迅先生的诗歌《拜墓》。

4 月，因与萧军冲突，萧红只身去北平（这是第三次去北平）。

5 月，萧红接到萧军来信，由北平返沪。短篇小说集《牛车上》由上海文化生活出版社出版。

6 月，萧红创作了诗歌《一粒土泥》。

夏季，在上海召开的创办抗战文艺刊物筹备会上，萧红认识了端木蕻良。

8 月，萧红创作了散文《八月之日记一》《八月之日记二》《天空的点缀》《失眠之夜》《窗边》《在东京》。

9 月 28 日，因战事危急，上海成为一座“孤岛”，萧红、萧军同上海其他文化人一起退往武汉。

10 月 17 日，萧红创作了怀念鲁迅的散文《逝者已矣！》。该文章首刊于 10 月 20 日《大公报》第二十九号，署名为萧红。萧红创作了散文《小生命和战士》。在武汉，萧红开始了长篇小说《呼兰河传》的创作。在武汉蒋锡金家，萧红再次遇到端木蕻良。

11 月，萧红创作了散文《两种感想》《一条铁路底完成》。

12 月，萧红创作了散文《一九二九年底愚昧》。

1938 年

1 月 16 日，萧红参加题为“抗战以来的文艺活动动态与展望”的座谈会。当天，萧红的《〈大地的女儿〉与〈动乱时代〉》（书评）首刊于《七月》半月刊第二集第二期。

1 月 27 日，萧红、萧军、端木蕻良等作家离开武汉，奔赴山西临汾民族革命大学任教。

2 月，萧红到达临汾，并与丁玲相识，从此两个闻名中国的女作家建立起了深厚而又真挚的友谊。日军逼近临汾，在去留问题上，萧红、萧军出现了分歧，最终二人在临汾分手。萧红创作了散文《记鹿地夫妇》。

3 月，萧红与端木蕻良、塞克、聂绀弩等人一起创作了引起巨大轰动与反响的三幕话剧《突击》。萧红发现自己怀孕。

4 月，萧红正式与萧军分手，与端木蕻良正式确定恋爱关系。萧红参加由胡风主持的题为“现时文艺活动与《七月》”的文艺座谈会，并表达了自己的创作观。

5 月下旬，萧红与端木蕻良在汉口大同酒家举行婚礼。

8 月，萧红因逃难带着身孕独自上船，在码头被绳索绊倒。萧红创作了短篇小说《黄河》《汾河的圆月》。

9 月，萧红寓居重庆。

10 月，萧红寓作了短篇小说《孩子的演讲》《朦胧的期待》。

11 月，萧红在医院产下一名男婴，男婴于三天后不幸夭折。

12 月，接受苏联记者的采访。

1939 年

1 月，萧红创作了散文《牙粉医病法》，短篇小说《旷野的呼喊》。

春，萧红创作了散文《滑竿》《林小二》。

3 月 14 日，萧红写致许广平信《离乱中的作家书简》。

4 月，萧红与端木蕻良住重庆歌乐山。萧红创作了散文《长安寺》。

5 月，萧红创作了短篇小说《莲花池》。

6 月，萧红创作了散文《放火者》。

7 月，萧红创作了短篇小说《山下》《梧桐》。

8 月，萧红创作了散文《茶食店》。

9 月，萧红整理完成回忆性散文《鲁迅先生生活散记——为鲁迅先生三周年祭而作》。

10 月，萧红完成《回忆鲁迅先生》，开始《马伯乐》的创作。

12 月，因为战乱，萧红与端木蕻良商量决定离开重庆，前往相对安全的香港。

1940 年

1 月 19 日，萧红与端木蕻良飞抵香港。

6月，萧红创作了散文《〈大地的女儿〉——史沫特烈作》。

7 月，《回忆鲁迅先生》由重庆妇女生活社出版。

10 月，萧红与端木蕻良共同创作哑剧《民族魂鲁迅》。

12 月，萧红创作完成长篇小说《呼兰河传》。

1941 年

1 月，长篇小说《马伯乐（第一部）》由重庆大时代书局出版，署名为萧红。

2 月，长篇小说《马伯乐（第二部）》在香港《时代批评》杂志连载，因萧红健康状况的日益恶化，小说未能完稿，连载到第九章结束。

萧红主持由“文协”香港分会等文化团体举办的欢迎史沫特莱、宋之的、夏衍、范长江等人来港的茶会。

3 月，萧红创作了短篇小说《北中国》。

5 月，史沫特莱准备回美国，并带走了萧红的一些作品，打算在美国出版萧红的作品。

8 月，萧红入住香港玛丽医院，诊断为肺结核。

9 月，萧红的《马房之夜》被美国作家译成英语，作品在美国发表。

11 月，因住三等病房，萧红受到冷遇，在于毅夫帮助下，出院回家。

1942 年

1 月 12 日，萧红入住跑马地养和医院。

1 月 13 日，萧红被误诊为喉瘤，并被医生实施了手术，手术失败，萧红的健康状况每况愈下。

1 月 18 日，玛丽医院重开业，萧红再次入住。

1 月 19 日，萧红病重，口不能言，在纸上写：“我将与蓝天碧水永处，留得那半部‘红楼’给别人写了……”又写：“半生尽遭白眼冷遇……身先死，不甘，不甘！”

1 月 22 日，上午 10 点，萧红与世长辞，享年三十一岁。萧红死后，端木蕻良剪下萧红一缕青丝。1992 年，萧红的故乡黑龙江省呼兰县建萧红墓，墓中埋葬的就是端木蕻良剪下的这缕青丝。

1 月 24 日，萧红遗体火化。部分骨灰被葬在浅水湾丽都酒店前花坛里，后被迁葬回广州，剩余骨灰一直被安葬在香港，以供后人悼念。

编后记

萧红是 20 世纪 30 年代以来，个性和创作风格都相对突出的作家之一。由于特殊的生活经历和情感经历，加上受到鲁迅先生格外的提携和帮助，萧红一直受到了世人过多的关注和评论。她的主要作品如《生死场》《呼兰河传》等，也是图书市场上的常销书；关于她的研究书籍，市面上也不断有“新面孔”出现。新时期以来，仅我所见，就有萧凤的《萧红传》，骆宾基的《萧红小传》，萧军编著的《萧红书简辑存注释录》和《鲁迅给萧军萧红信简注释录》，庐湘的《萧军萧红外传》，美国汉学家葛浩文的《萧红评传》，钟耀群的《端木与萧红》，郭玉斌的《萧红评传》，叶君的《从异乡到异乡》，单元的《走进萧红世界》，季红真的《萧红全传》，等等多部，各种单篇文章更是数不胜数。这些书籍和文章，从不同的角度，书写了萧红短暂而不平凡的一生，对她独具特色的作品风格也进行了概述和评论。

就我个人阅读而言，萧红也是较早进入我阅读视野的作家之一。20 世纪 80 年代初，那时我还是一个懵懂的文学少年，在阅读《生死场》时，产生了不小的障碍，觉得她的小说故事性不强，语言怪异，枝蔓多，风景描写也多，可读性不强，多次想弃之一旁，但转念一想，既然鲁迅先生都写了序言，那一定是好小说了，算是勉强读完了。直到多年后，读过《呼兰河传》并重读了《生死场》，才感觉到萧红的了不起，才顿悟：一个作家，不管他（她）活多久，作品的量有多少，一定要建立自己的语言体系和叙事风格，要有自己清晰的面目，用现在时尚的话说，要有辨识度，也就是说，要做一个文体家，对汉语有独特的贡献，否则，必定会被淹没在浩瀚的文字当中。沈从文是这样的作家，萧红也是这样的作家。直到这时候，我才对萧红的作品有了全新的认识。为了加深对她的了解，我还刻意搜罗她的著作和与她有关的文字，后来又陆续读到她的一些小说、诗歌和散文，如作为文学丛刊之一的《商市街》等，对她的语言风格和叙事风格更加地喜欢了，对她作品的文体特征和思想内涵更加地推崇了；同时，也开始关注有关她的评论，还把《鲁迅全集》里鲁迅致萧军、萧红的信，通读了一遍，对茅盾等人评价她的话也深以为然。

早在 2014 年，我在为中国书籍出版社选编“中国书籍文学馆·大师经典”时，就选编了《萧红精品选》，精选了她的小说、散文和诗歌共三十万字，出版后，连续加印了多次。后来又约扬州作家蒋亚林先生写了一本《从呼兰河到浅水湾——萧红传》，也由中国书籍出版社于2015年出版发行，在读者中产生了较大的反响，收到了较好的社会效益。

这次编辑“回望萧红”系列丛书，我们在三年前就开始启动，征求了许多专家学者的意见，书目也列了多种，经过多方面的考虑，我们选择了十种图书在前期出版，其中有萧红的代表作《生死场》（萧红中篇小说）、《呼兰河传》（萧红长篇小说）和《马伯乐》（萧红长篇小说），也有《旷野的呼喊》（萧红短篇小说选）、《红的果园》（萧红短篇小说选）和《春意挂上了树梢》（萧红散文选）。此外还把萧红写鲁迅的文章，选编成一本《亦师亦友亦如父：萧红笔下的鲁迅》。需要说明的是，在这本书中，有两篇关于鲁迅的文字没有收入，一篇是诗《拜墓》，一篇是哑剧《民族魂鲁迅》，因为这两篇文字收进了《有如青杏般的滋味：萧红诗歌戏剧选》里了。在《亦师亦友亦如父：萧红笔下的鲁迅》里，把鲁迅写给萧军、萧红的书信作为附录，也一并收入，读者通过对照阅读，可以了解鲁迅当年是如何扶持帮助他们成长为优秀作家的大致经过。此外，几年前出版的《从呼兰河到浅水湾——萧红传》，经作者同意后，也收入到这套丛书中，丰富了这套书的内容，让读者在阅读萧红作品时，对她的一生有个较详细的了解。

陈　武

2019 年 5 月 20 日匆匆于北京团结湖